소설 공자

— 김길형 편저 —

책머리에

　이 책은 공자에 관한 가장 확실한 자료인《논어》에 근거한 공자의 사상과 그 시대의 인물들을 현대적으로 서술하여 재미있고 누구나 쉽게 읽을 수 있게 알찬 내용으로 꾸몄으며 우리 주위에서 흔히 볼 수 있는 서민적 모습으로 세상에 큰 경륜을 펼친 성인 공자의 참모습이 그려져 있다.

　《논어》는 유교의 최고 경전인 사서四書 즉, 대학·중용·논어·맹자 중에서도 가장 으뜸으로 꼽히는 동양 문화의 정수이며, 동양적인 예지의 근원이기도 하다. 공자의 언행을 집대성한 것이《논어》인데, 이는 지금도 예지로 충만한 인생의 교훈을 제시하고 있다.

　공자기원전 551~479의 이름은 구丘, 자는 중니仲尼이다. 공자는 소년 시대부터 학문을 닦으며, 정치가가 되고 싶었다. 인간에 대한 깊은 통찰과 인문학적 사고의 깊이는 그로 하여금 이상적인 인간 경영을 꿈꾸게 만들었다. 하지만 생전에 그의 꿈은 이뤄지지 않았다. 공자가 살았던 시대는 기존의 질서가 크게 무너질 만큼 몹시 혼란스러운 시기였다. 그가 가진 순수한 학자의 열정만으로는 춘추전국 시대 정치적 사명감을 실천하기가 힘들었던 것이다.

　공자는 십수 년 동안에 걸쳐 위나라·조曹나라·진陳나라

·채나라·초나라 등을 떠돌며 여러 나라의 제후를 설득하여 자신의 이상적인 정치를 실현코자 노력했지만, 결국 그 뜻을 이루지 못하고 68세 때 고국인 노나라로 돌아왔다. 그 뒤로는 정치에의 뜻을 버리고 고전의 정리 연구와 제자들의 교육에 전념하다가 73세로 생애를 마쳤다.

 그가 남긴 것 중에 오늘의 우리가 특히 주목해야 할 것은 정치적 교훈이 아닌 인문학적 사고이다. 공자는 그것을 바탕으로 자신 스스로를 다스리고 나아가 세상의 모든 이를 아우를 수 있는 인간의 덕목을 주로 제시하였다.

 공자는 고전 詩·書·禮·樂 등에 통달하였으며, 그 중에서도 특히 정의와 덕과 예에 공을 들여 많은 사람들을 교육하였다. 그는 고전들을 정리하여 후세에 전하고, 또 전통적인 예에 새로운 의미를 부여하였다. 공자는 당시의 중국 전통 문화의 대성자이고, 또 중국 문화의 개척자였다고 할 수 있다.

 이 책은 공자의 유명한 일화들을 소설의 형식으로 구성하였기 때문에 독자들이 읽을수록 공자에 대한 이해도 크게 달라질 것으로 믿으며, 현대인의 일상 생활에 많은 도움이 되기를 바란다.

編著者

책머리에 • 4

부유해진 자공 • 11

호련瑚璉 • 23

문둥병에 걸린 백우 • 33

소망을 말하다 • 45

말 잘 하는 자로 • 55

자신의 힘을 부정하는 자 • 65

재여의 낮잠 • 77

어찌 고이리오 • 89

신정의 욕심 • 95

대묘에 들어가 묻다 • 103

돼지를 선물로 받은 공자 • 117

효를 묻다 • 125

악장과 공자의 눈 • 137

얼룩소 • 149

특별한 가르침을 탐색하다 • 161

하늘의 목탁 • 175

경을 치는 공자 • 187

부엌에 아첨하라 • 195

광에서의 반란 • 207

사마우의 번민 • 225

공자와 섭공 • 235

나루터 • 249

진채의 벌판 • 265

병든 공자와 자로 • 279

하나로써 관철되다 • 289

길 떠나는 자의 변 • 305

영원히 흘러가는 것 • 315

태산에 오르다 • 321

부유하면서 교만하지 않기는 쉽지만,
가난하면서 원망하지 않기는 어려운 일이다.

부유해진 자공

"스승님, 가난해도 아첨하지 않고 부유해도 교만하지 않으면 되겠습니까?"
자공이 물었다.
"그렇다. 그러나 이는 가난하면서도 도道를 즐기고 부유하면서 예禮를 좋아하는 사람만 못하다."
공자가 답했다. 자공이 다시 물었다.
"시에 이르는 절차탁마切磋琢磨란 바로 이를 말씀하시는 것입니까?"
공자가 비로소 말했다.
"자공아, 이제야 너와 함께 시를 논할 수 있겠구나. 과거를 말해 주면 미래를 알겠느냐?"

_학이편學而篇

    그 날 자공子貢은 가슴을 펴고 뱃속 깊이 아침 공기를 마시면서 천천히 걸어가고 있었다. 그는 최근 좋은 직책을 맡아 나날이 생활이 윤택해지고 있어 기분이 날아갈 듯 가벼워 보였다.
    '스승님은 언제나 가난한 안회顔回만 칭찬하셨지. 하늘의 뜻을 기다리지 않고 인위적으로 재물을 모으는 일을 옳지 않다 하셨어. 하지만 자기 능력껏 올바른 방법으로 재물을 모으는 게 무에 나쁘단 말인가. 내가 보기에는 가난이 악이고 부유함이 선인 것을. 우선 돈 걱정이 하지 않게 되면 학문에 전념할 수 있지 않은가. 게다가 무엇보다도 누구 앞에 나가든 주눅들지 않고 편안하게 응할 수 있으니 이 또한 좋은 점이지. 아무래도 가난하다면 그렇게 할 수 없지 않겠는가 말이다.'

그는 수년 전까지 자신을 괴롭혔던 일들은 생각하며 몇 번이고 도리질을 쳤다.

'그래, 그 무렵 나는 귀인이나 부유한 사람들 앞에 나가면 어색하게 행동하곤 했지. 가난한 내 모습이 부끄러웠던 것은 아니야. 그러한 것을 부끄러워할 만큼 약하지는 않으니까. 그러한 점에서는 자로子路에게도 지지 않을 만큼 자신이 있지. 난 다만 상대방에게 조금이라도 아첨하는 듯한 느낌을 주고 싶지 않았던 거야. 가난이야 어쩔 수 없는 노릇이라지만, 그 때문에 재물을 탐내는 듯한 인상을 주면 안 되니까. 예의에 벗어나는 오만한 행동으로 보여서도 안 되고 말이지. 그러니까 동작이 딱딱해지지 않을 수밖에 없었던 거지. 지금 생각하면 이상해 보이겠지만 가난이 나를 그렇게 만든 것이니 어쩔 수 없지. 가난은 역시 불편한 거야. 그렇긴 하지만……'

'그렇지만……'

그는 갑자기 좌우를 둘러보았다.

'여하튼, 내가 누구에게도 아첨하지 않은 것만은 틀림없는 사실이야. 그러니까 나는 가난 속에서도 올바로 처신했다고 당당하게 말할 수 있어. 스승님께서도 그것을 인정해주시겠지.'

자공은 어느 틈에 공자의 집 가까이에 이르렀다.

공자의 집 대문 밖에는 젊은 제자 세 사람이 공손히 서 있었다. 그들은 대문을 들어서려다가 자공이 오는 것을 보고 일부러 그를 기다리고 있었다. 세 사람 모두 수년 전의 자공처럼 매우 가난한 사람들이다.

자공이 다가가자 세 사람 모두 공손히 절을 하며 후배의 예를 취했다. 자공도 그들에게 답례 인사를 하였다. 자공과 후배 세 사람은 서로 길을 양보하려 잠시 주춤거렸으나 이내 선배부터 차례로 들어가기 시작했다.

자공은 집 안에 들어서면서 생각했다.

'스승님은 부유하면서도 교만하지 않는 것보다 가난하면서도 원망하지 않기가 더 어렵다고 하셨지. 하지만 반드시 그런 것 같지는 않아. 부유하면서도 교만하지 않기가 더 어렵다고도 할 수 있어. 뭐, 어쨌든 난 염려할 필요가 없지. 조금 전 부유하면서도 교만하지 않음을 보여 주었으니까.'

뿌듯함에 그의 얼굴은 태양처럼 빛이 났다. 스스로도 자신의 얼굴이 눈부시게 느껴질 정도였다. 그러나 어두운 방에 공자가 단아하게 앉아 있는 것을 보고는 당황하여 언제나처럼 인사를 하고는 제자리에 가서 앉았다. 그를 뒤따라온 세 사람도 각기 구석으로 가서 자리를 잡고 앉았다.

예에 관한 이야기가 계속되고 있었다. 오늘은 아주 자유롭게 말하는 분위기라서 공자는 그다지 많은 이야기를 하지 않았다. 오히려 제자들이 하는 말에 귀를 기울여 듣고 있었다. 그러나 제자들의 말에 조금이라도 틀린 데가 있으면 결코 그대로 흘려 버리지 않았다. 그의 비판은 언제나 엄격했다. 물론 그 엄격함은 온화한 사랑으로 감싸여 있었다.

자공은 토론에 있어서만큼은 공자의 제자들 중 으뜸이었다. 하지만 오늘은 이상하게도 입을 열지 않았다. 그렇다고 해서 다른 사람들의 이야기를 주의 깊게 듣고 있는 것도 아니었다. 그는 오늘 이곳으로 걸어오면서 생각한 것들을 훌륭하게 표현해 보고 싶은 마음으로 가득 차 있었다.

"자공아, 오늘은 이상하게 입을 다물고 있구나."

공자가 마침내 그를 쳐다보며 말했다.

허를 찔린 듯 그는 잠시 움찔했다. 하지만 곧 이 기회를 놓쳐서는 안 된다고 생각했다. 그는 지금까지 자신의 의견에 조금이라도 자신이 없으면 공자가 혼자 있을 때 조용히 다가가 의견을 여쭙곤 했다. 많은 제자들에게 자신의 부족한 점을 보이고 싶지 않았기 때문이다.

그러나 오늘은 자신감으로 충만해 있던 터였다. 또한 자신의 생각을 실행으로 옮겼다는 자랑스러움까지 느끼고 있었다.

스승의 말씀 없이 스스로 완성시킨 자신의 의견을 공자를 비롯하여 많은 제자들에게 들려 줄 생각을 하니 의기양양한 마음이 앞섰다. 그럼에도 불구하고 그는 일단 몸을 낮추었다.

"지금 하고 있는 이야기가 끝난 다음에, 다른 일에 관하여 스승님께 의견을 여쭈고자 합니다."

"그래? 그렇다면 화제를 바꿔도 될 시기인 것 같군."

자공은 기뻤다. 하지만 그는 바로 입을 열지 않았다. 자신감에 충만해 있는 마음을 누구에게도 들키고 싶지 않았다.

"대체 네 문제는 무엇이더냐?"

공자가 다시 물었다. 그제야 자공은 자리에서 일어서 특유의 시원스런 어조로 입을 떼었다.

"저는 요즘 부유함이나 가난 속에서 처신하는 길에 대해 생각해 보고 경험도 쌓아 왔습니다. 그래서 가난하면서도 아첨하지 않고 부유하면서도 교만하지 않는 게 그 극치이며, 그것을 실천할 수 있으면 사람으로서 완전에 가까운 게 아닌가 생각합니다."

"그래, 그것이야말로 지금껏 논의하고 있는 예에 관한 문제와 밀접하게 관련되어 있지. 너는 그것을 실천할 수 있었단 말이냐?"

"그것은 스승님을 비롯한 여러분의 판단에 맡기겠습니다."

자공은 자신만만한 태도로 공자의 질문에 대답을 했다. 그러면서 아까 그와 함께 들어온 세 사람을 슬며시 쳐다보았다.

"하긴, 빈부의 경험을 모두 겪었다는 점에서는 너를 따라올 사람이 없지."

자공에게는 공자의 이 말이 이상하게 비꼬는 듯 들렸다. 그러나 공자는 함부로 비꼬는 말을 할 사람이 아니었으므로, 애써 그것을 칭찬의 말이라고 해석하였다.

"나는 네가 가난하면서도 아첨하지 않고, 부유하면서도 교만하지 않은 걸 잘 알고 있다."

공자의 말에는 무거운 진지함이 배어 있었다. 그런 스승의 말이 자공에게는 목에 걸린 가시 같은 느낌을 주었다.

"그러면 돼, 그러면 되지."

공자의 어조가 더욱 무거워졌다. 자공은 완전히 꾸중 듣는 듯한 기분을 감출 수가 없었다.

"그러나……."

공자는 계속해서 말을 이어나갔다.

"네게는 가난이 커다란 화였겠구나."

자공은 할 말이 없었다. 이곳으로 걸어오면서 '가난은 그 자체가 악'이라고 생각했지만, 막상 공자가 이렇게 말하자 이상하게도 자신이 생각한 바를 제대로 말할 수가 없었다.

"너는 가난했을 때 아첨하지 않으려고 무척 애를 썼지. 그리고 지금은 교만하지 않으려고 무척이나 신경을 쓰고 있어."

"네, 스승님 말씀이 맞습니다. 그리고 저는 그 두 가지 모두 성공했다고 생각합니다."

"그래, 확실히 성공했지. 그러나 아첨하지 않으려 하고 교만하지 않으려고 한다는 것 자체가 아직 네 마음 어딘가에 아첨하는 마음이나 교만한 마음이 남아 있다는 뜻 아닐까?"

자공은 자신의 가슴에 비수가 꽂히는 듯한 느낌을 받았다. 공자가 다시 말했다.

"물론 네가 행하려는 길이 나쁘다는 말은 아니다. 그러나 그것은 최고의 길은 아니다. 부유함이나 가난 속에서 처신하는 최고의 길은 빈부를 초월하는 것에 있다. 그러나 네가 아첨하지 않거나 교만하지 않으려고 고심하는 것은 결국 빈부에 얽매여 있기 때문 아니더냐. 빈부에 얽매이면 자연히 타인과 자신을 비교해 보고 싶어지지. 그런 비교의 결과가 아첨하는 마음이나 교만한 마음을 낳게 되고, 또 그런 마음을 정복하기 위해 고심하지 않으면 안 되게 되는 것이다. 내 말이 틀렸느냐?"

스승의 말을 듣고 있는 자공의 표정이 점점 굳어졌다. 공자가 말을 이었다.

"빈부를 초월한다는 것은 부유하든 가난하든 모든 것을 하늘에 맡기고 한결같이 도를 즐기며 예를 좋아한다는 것이다. 도란 공리적이거나 소극적인 게 아니다. 그러므로 가난하고 부유함에 따라 다르게 다루어서는 안 되는 것이다. 도는 도이기 때문에 즐기고, 예는 예이기 때문에 좋아하는 순수하고 적극적인 구도심이 있어야만 어떠한 경우에나 자유롭고 막힘 없이 처신할 수 있는 것이다. 안회는 그것을 할 수 있다. 그는 현자다. 그 경지에 이르면 가난하면서도 아첨하지 않는다든지 부유하면서도 교만하지 않는다는 따위는 이미 문제가 되지 않는 것이다."

"잘 알았습니다, 스승님."

자공은 자신의 미숙한 생각을 여러 사람들 앞에서 말해 버린 경솔함에 부끄러워졌다. 잠시 침묵이 계속되었다.

어디에선가 시를 읊는 소리가 들려 왔다. 자공은 다른 사람들의 시선이 아직도 자신에게 쏠리고 있음을 느끼고 붉게 물든 얼굴을 애써 감추고 있었다. 시를 읊는 소리는 계속해서 들려왔다. 그 소리에 귀를 기울이고 있는 자공에게 문득 시 한 구절이 떠올랐다. 『시경詩經』의 〈위풍편衛風篇〉에 나오는 구절이다.

"칼로 베는 것 같고, 줄로 쓰는 것 같고, 끌로 다듬는 것 같고, 숫돌로 가는 것 같다."

그는 지금까지 이 구절이 세공업자가 상아의 구슬을 다듬을 때의 노고에 비유하여 인격 도야의 어려움을 노래한 것이라고 여겼다. 물론 그 생각이 틀린 것은 아니다. 그러나 그는 이 시 속에 함축되어 있는 중요한 사실 하나를 잊고 있었다.

그것은 세공업자의 예술가의 마음, 다시 말해 일을 즐기는 마음이다. 온갖 노고 속에서 생명의 약동과 환희를 발견하는 마음 말이다.

예술은 수단이 아니다. 마찬가지로 구도는 처세술이 아니다. 세공업자가 예술 속에서 기쁨을 느끼는 것처럼 구도자 또한 도 자체를 즐기는 마음으로 살아가지 않으면 안 된다. 그러나 그는 지금까지 세공업자의 '노고'로부터 교훈을 얻고 있었을 뿐이다. 이 얼마나 경솔한 태도인가.

그는 문득 고개를 들어 공자를 바라보았다. 그러고는 저도 모르게 이 시 구절을 읊었다. 그의 마음은 떨리고 있었다. 과거의 어리석음 때문이 아니라 새로운 발견 때문이다. 시를 읊고 나서 그가 물었다.

"조금 전에 말씀하신 이야기가 이 시의 마음 아니겠습니까?"

공자의 얼굴에 미소가 번졌다.

"자공아, 좋은 데에 생각이 미쳤구나. 그래야만 더불어 시를 논할 수 있는 게야. 시의 마음은 깊고도 깊은 것이라서 끝까지 파고들어갈 만큼의 열의가 있는 사람이 아니고서는 그 진수에 이를 수 없는데, 너라면 그걸 해낼 수 있겠구나."

자공은 자랑스러운 기분이 들어 얼떨결에 좌중을 둘러보려다가 가까스로 스스로를 자제했다.

호련은 큰 그릇이지.
그러나 어디까지나 그릇은 그릇이야.

호련 瑚璉

"자천은 군자임에는 틀림없다. 하지만 노나라에 군자가 없었다면 그가 어떻게 그런 덕을 터득했겠는가."
공자가 자천을 평하여 이렇게 말했다.

자공이 물었다.
"스승님, 그렇다면 저는 어떻습니까?"
"너는 그릇이다."
자공이 다시 물었다.
"무슨 그릇 말씀입니까?"
공자가 답했다.
"호련이다."

_공야장편 公冶長篇

공자는 자공에게 자천을 칭찬하는 말을 자주 했다.

"자천은 군자야. 그야말로 진정한 군자라 할 수 있지."

자천은 자공보다 열여덟 살이나 후배이다. 그 무렵 노나라 단보라는 지방의 민정관이 되었는데, 언제나 거문고를 켜며 하릴없이 지냈다. 그런데도 고을은 평화로웠다. 자천의 전임자였던 무마기 巫馬期는 새벽부터 해가 질 때까지 사방을 뛰어다니며 노력했지만 자천만큼 잘 다스리지는 못했다.

무마기가 어느 날 자천을 찾아왔다.

"도대체 당신은 어떤 비결을 갖고 있기에 하는 일이 없어 보이는 데도 마을이 이리 잘 돌아가오?"

"나는 다른 사람의 힘을 사용하지만 당신은 자신의 힘을 사용합니다. 그러니까 힘만 들죠."

자천이 답했다. 이 대답이 세상을 돌고 돌아 공자의 귀에도 들어갔던 것이다. 공자는 자천이 젊은 나이임에도 덕으로 다스려 감화를 주고 있음을 마음으로부터 기뻐했다.

하지만 자공은 자기보다 나이도 어린 자천이 그토록 칭찬받는 게 언짢았다.

'나는 40고개를 넘었는데도 공자로부터 그러한 칭찬을 받아 본 적이 없다. 부족하다는 말을 들었으면 들었지……'

그의 기분은 금세 시무룩해졌다. 젊은 시절부터 지금까지 공자와 나누었던 대화가 주마등처럼 스치고 지나갔다.

어느 날 그가 공자에게 이렇게 말했다.

"저는 남이 저에게 무슨 일을 강요하는 것을 원치 않으며 저도 남에게 무슨 일을 강요하지 않으려 하고 있습니다."

그러자 공자가 차갑게 말했다.

"너로서는 아직 할 수 없는 일이다."

그때의 일을 생각하면 자공은 지금도 얼굴이 화끈 달아오른다. 또 한 번은 공자가 자공에게 질문을 던진 적이 있다.

"너는 학문으로 안회에게 이길 자신이 있느냐?"

안회와 비교를 하다니 어떤 면에서는 기쁜 일이었다. 공자는 예전부터 자신은 안회를 당할 수 없다고 말해 왔기 때문이다. 그러나 그것은 동시에 기분 나쁜 물음이기도 했다. 그는 이길 수 있다고 말할 수 없었다. 마음속으로는 안회 따위는 우습다고 생각했지만, 그렇게 말하면 겸양의 덕이 아니었다. 게다가 그것은 안회뿐만 아니라 공자에게도 지지 않는다는 의미가 되므로 더욱 곤란했다.

공자는 인仁을 행함에 있어서는 스승에게도 양보하지 말라고 했지만, 그것과 이것은 경우가 다르다. 그래서 속으로 기분이 좋지 않았음에도 겸양의 덕을 지켜 이렇게 대답할 수밖에 없었다.

"저는 하나를 들으면 겨우 둘을 알 뿐이지만, 안회는 하나를 들으면 열을 알 수 있습니다. 그러므로 저는 안회에 미치지 못합니다."

공자는 그 답을 예상하고 있었던 듯 고개를 끄덕였다.

"그래. 너는 안회에 미치지 못한다. 네 말이 옳아. 나는 너의 그 정직한 대답이 좋다."

그러나 자공은 그 칭찬이 기쁘게 들리지 않았다. 어쩐지 비난을 품은 칭찬이랄까. 무엇보다 이 말을 들었을 때 떠오르는 기억 탓에 기분이 더욱 언짢았다.

어느 날 문하생들과 한창 인물평을 하고 있을 때였다. 공자가 이렇게 말했다.

"자공은 현명하다. 내게는 남을 비평하고 있을 틈이 없다."

자공이 보기에는 공자만큼 인물평하기를 좋아하는 사람도 없었다. 공자는 다른 문하생이 인물평을 하고 있으면 한마디 하지 않고는 못 배기는 성질이다. 그런데 왜 유독 자신에게만은 그토록 비꼬는 말을 했을까. 어쩌면 공자는 자신을 말만 번지르르하게 하는 사람으로 여겼는지도 모른다. 하긴 공자가 예전에 재아宰我와 자신을 변론의 대가로 꼽은 적이 있다. 변론의 대가라고 하니 얼핏 들으면 좋은 말처럼 들리지만, 사실 듣는 사람으로서는 칭찬하는 말로 받아들이기 어렵다. 게다가 재아는 게으름뱅이에다 거짓말쟁이이고, 그야말로 말만 앞세우는 인간이니 그런 자와 자신을 동급으로 묶는 것에 기분이 확 상했던 것이다.

그러한 예전 일들을 생각하면서 공자가 자천을 군자라고 칭찬하는 말을 듣자니 속에서 초조한 느낌마저 들었다.

'이번에는 나에 대한 말을 들어 보았으면⋯⋯. 스승님도 이제는 나의 가치를 알아줄 거야. 틀림없어.'

자공은 이렇게 생각하며 공자의 눈치를 살폈다. 그러나 그런 그의 생각에는 아랑곳없이 공자는 눈을 지그시 감고 혼잣말처럼 말하였다.

"하지만 자천과 같은 훌륭한 인물이 나왔던 이유는 노나라에 군자가 많았기 때문이야. 자천은 좋은 친구와 선배들이 있어 행복한 사람이다."

갑자기 자공의 눈이 빛났다. 그는 위衛나라 사람이지만 자천의 선배로서 그를 지도하려고 지금까지 꽤 애써 왔다고 생각하고 있었으니, 공자가 말한 '선배'에 자신도 포함된 것이라 생각했던 것이다. 그러나 섣불리 나서기에는 어쩐지 불안했다.

'예전의 일도 있는 만큼 분명히 확인해 봐야겠어. 그러기 전에는 알 수 없는 노릇이니…….'

동시에 그는 자기가 자천만 못 하지 않다는 자신감도 있었다.

'자천을 군자라고 칭찬할 정도이니 어쩌면 스승님은 나를 그 이상으로 찬사를 보낼지 모르는 일이잖아?'

불안감 속에서도 이름 모를 자만심이 스멀스멀 고개를 들고 있었다. 결국 그는 가만 있지 못하고 입을 열었다.

"스승님, 저에 대해서도 한 마디 말씀해 주십시오."

호기심과 자만심이 뒤섞여 말은 뱉었으나 그는 공자가 어떤 표정을 지을지 살짝 불안했다. 자신이 한 일이나 평판에 너무 신경을 쓴다고 생각하지 않을까 하는 우려 때문이었다. 그러나 공자의 표정은 담담했다. 그리고 이렇게 답했다.

"너는 그릇이다."

자공은 자신의 귀를 의심했다. '그릇'이라는 말은 공자가 인물을 평할 때 이따금 썼던 말이다. 그것은 그다지 좋은 말이 아니었다. '한 가지 예능에 매우 능숙한 사람', 즉 '재사才士'라는 정도의 의미가 있을 뿐이었다.

평소 공자는 "군자는 그릇이어서는 안 된다"라고 말하며 제자들에게 주의를 주곤 했다. 그러니 자신에게 '그릇'이라고 한 말의 뜻을 어떻게 이해하면 좋을까? 공자는 여전히 담담한 표정이었다. 당연한 일을 당연하게 말했다는 듯.

자공은 실망했다. 부끄럽기도 했다. 울분마저 치밀어 올랐다. 한시 바삐 이 자리를 빠져 나가고 싶기도 했다. 그러나 이대로 물러나기는 너무 멋쩍지 않은가. 그는 나아가지도 물러나지도 못한 채 창백해진 얼굴로 공자를 바라보았다.

꽤 오랜 시간 정적이 흘렀다. 공자는 여전히 담담한 표정이었다. 자공은 그런 분위기를 못 이기고 다시 물었다. 그의 목소리는 약간 떨리고 있었다.

"스승님, 그릇이라 하시면……. 어떤 그릇을 말하는 것인지요?"

공자는 자공의 어두운 표정을 그제야 본 듯 눈썹을 살짝 추켜세웠다. 그러다 다음 순간 미소를 지으며 잔잔히 말했다.

"호련瑚璉이다!"

자공은 기묘한 표정으로 공자를 바라보았다.

'호련이라니······.'

호련이란 구슬로 호화롭게 장식된 그릇으로 종묘에 제사를 올릴 때 공양물을 담는 그릇이다. 모든 그릇들 중에 가장 귀한 것으로 알려져 있다.

'호련이라, 호련······.'

그는 마음속으로 몇 번이나 '호련'이란 말을 되풀이했다.

'종묘의 제단에 찬연히 빛나고 있는 그릇. 그릇 중의 그릇, 인재 중의 인재, 일국의 재상?'

그의 마음속에는 점차 황홀한 그림이 그려지고 있었다. 재상의 의관을 갖추어 입고 종묘에 서 있는 자신의 모습이 어느새 머릿속에 나타났다 사라졌다.

'그래, 호련은 좋은 평이야.'

그런 생각이 들자 자기도 모르게 입가에 살포시 미소가 지어졌다.

"호련은 큰 그릇이지. 그러나 어디까지나 그릇은 그릇이야."

아까부터 자공의 표정을 가만히 지켜보고 있던 공자는 쐐기를 박듯 이렇게 덧붙였다. 자공의 얼굴빛이 창백하게 변했다.

"자공, 무엇보다도 자신을 잊어버리도록 노력해야 해. 자신의 평판에 얽매여 있으면 군자가 될 수 없어. 군자는 덕으로 모든 사람들의 재능을 살려야 하는 게야. 그러려면 자신을 잊을 수 있어야 하지. 재사才士는 자신의 재능을 사랑해. 그리고 그 재능만으로 살아가려 하지. 물론 그것도 하나의 구실은 구실이야. 하지만 그것은 자신을 위한 구실을 할 뿐, 다른 사람이 유용한 일을 할 수 있도록 하는 것은 아니지. 그러므로 그릇과 같은 거야."

이렇게 말하는 공자의 표정은 그 어느 때보다 차분했다.

"그리고……."

공자는 잠시 멈췄다가 다시 말을 이었다.

"나이가 어리다고 해서 자신보다 아래라고 생각해서는 안 되는 거란다. 연소자는 두려운 존재야. 우물쭈물하고 있다 보면 금세 따라붙으니까. 그러나……."

공자는 다시 말을 멈추었다. 그러다가 침통한 표정을 지으며 이렇게 말을 했다.

"나이 사십, 오십이 되어도 덕이 세상에 알려지지 않으면 그 사람의 장래는 이미 알고도 남는 것이지."

공자의 목소리에는 슬픔이 배어 있었다. 자공이 비틀거리며 일어섰다. 그러고는 얼굴을 손에 묻고 흐느껴 울었다. 공자의 눈에도 눈물이 가득 고여 있었다.

군자도 어려움을 피할 수는 없다.
하지만 군자와 소인이 다른 점은 어려워도 마음이 흐트러지지 않는 것이다.

문둥병에 걸린 백우

"이럴 수가 없는데! 운명이로구나! 이런 사람이 이런 병에 걸리다니!
이런 사람이 이런 병에 걸리다니!"
백우가 병에 걸리자 공자가 문병을 가서 창 너머로 그의 손을 잡고
말하였다.

_옹야편雍也篇

염백우冉伯牛의 병은 문둥병이었다. 손이나 얼굴이 울퉁불퉁 부어 오르고 거무죽죽한 살이 피부 속에서 금방이라도 농익은 감처럼 짓물러 흘러내릴 것만 같았다.

최근에는 문병을 와 주는 친구도 없었다. 백우 자신도 다른 사람에게 얼굴을 보여 주고 싶지 않았으므로 아무도 오지 않는 것이 마음은 편했지만, 한편 쓸쓸한 느낌이 드는 것만은 떨쳐 낼 수가 없었다. 그 쓸쓸함은 어느새 무럭무럭 자라 백우의 마음속에는 인간에 대한 저주가 멈추지 않는 소용돌이처럼 휘몰아치고 있었다.

특히 구름 한 점 없이 맑게 갠 날, 병실의 창문을 통해 아름다운 햇살이 나뭇잎 사이로 눈부시게 쏟아지는 것을 보면 이

세상 모두가 자기한테만 무자비한 것처럼 여겨졌다.

'살아 있으면 뭐 하나. 썩어 문드러져 가는 인간의 육체! 이 무슨 하늘의 장난이란 말인가. 충만한 자연 속에서 이러한 모습으로 살아가야 하다니. 내 마음이 순수할 리 없지.'

이런 생각을 하며 그는 어두운 방 한 구석으로 눈을 돌렸다. 그러나 자기 병의 정체를 처음으로 알았을 때의 놀라움에 비하면, 지금은 마음이 평정을 찾은 편이다. 처음 자기 병이 문둥병이란 것을 알았을 때는 슬프다거나 원망스럽다는 따위의 감정을 넘어, 아무런 생각도 없이 마치 정신병자처럼 온 집 안을 헤집고 돌아다녔다. 자살하려 한 적도 한두 번이 아니었다. 하지만 지금 생각해 보니 그 모든 것이 무의식적인 발작에 지나지 않았던 것 같다.

그처럼 절망에 빠져 있던 그를 이만큼이나마 하늘을 원망할 만큼의 인간다움이라도 찾게 해 준 것은 전적으로 공자 덕분이었다. 공자는 이따금 그를 찾아와 위로하기도 하고 질책하기도 하며 타이르곤 했다.

공자는 예전에 함께 여러 나라를 떠돌아다니며 겪었던 노고, 특히 진채陳蔡 벌판에서 굶주렸던 이야기를 제일 많이 했다. 그런 이야기를 듣고 있노라면 백우는 어느새 그리움에 젖어들었다. 어떠한 위로의 말에도 어떠한 질책에도 마음이 움직이지 않던 그가 함께 여행을 하면서 겪었던 고난에 대해 차분하게 이야기하는 공자의 말을 듣고 있자니 점점 정신이 또렷해지면서 삶에의 집착이 희미하게 되살아나는 것이었다.

삶에 대한 의욕이 생기자 그와 동시에 이성도 되살아나기 시작했다. 그리하여 최근에는 '어떻게 하면 슬픔이나 원망하는 마음을 이길 수 있을까', '어떻게 하면 이 몹쓸병에 구애받지 않고 이전처럼 도에 정진할 수 있을까', '어떻게 하면 생사를 초월할 수 있을까' 하고 고심하며 정신을 집중시키기에 이른 것이다.

'나는 덕행에 있어서만큼은 안연이나 민자건閔子騫, 중궁仲弓 등과 더불어 뛰어난 인물이라는 칭송을 받았다. 나 스스로도 그것을 자랑스럽게 내심 여겼지. 하지만 지금 생각해 보니 나의 덕행 따위는 유리로 만들어진 질그릇 같은 것에 지나지 않았어. 이렇게 조그만 장애에 부딪치니 금세 산산조각이 나 버리잖아? 운명이나 병 앞에서 좌절하는 덕행이 무슨 덕행이란 말인가?'

이런 생각을 하고 있자니 문득 진채의 벌판에서 모두가 굶주림에 고통받고 있을 때 스승께서 하신 말씀이 생각났다.

"군자도 어려움을 피할 수는 없다. 하지만 군자와 소인이 다른 점은 어려워도 마음이 흐트러지지 않는 것이다."

'맞아. 어떤 어려움이 닥치든 마음이 흐트러지지 않는 사람이야말로 진정한 덕행을 한 사람이야. 하지만 그 힘은 어디서

나오는 걸까?

또 한 번은 스승께서 이렇게 말씀하셨다.

"아무리 군사가 많은 대군大軍이라도 그들로부터 대장을 빼앗을 수는 있다. 허나 한 사나이로부터 그의 뜻을 빼앗을 수는 없는 법이다."

'이 얼마나 훌륭한 말씀인가. 병이 들었다는 이유로 흩어져 있던 나의 마음이 부끄럽구나. 그러나 뜻을 견고하게 지키는 근본적인 힘은 대체 무엇이란 말이더냐.'

그는 그것을 알 수가 없었다. 그는 새삼 지금까지 자신의 공부가 게을렀음에 부끄러워졌다. 그러한 근본적인 것을 파악하지 않고 스승님이나 선배의 언동만을 형식적으로 모방한 것이 아닌가 하는 생각이 들었던 것이다.

하지만 이러한 반성을 계속하고 있자니 불행하다는 마음은 사라져 버렸다. 생각의 해답은 얻을 수 없어도 마음에는 어떤 빛이 깃들고 있었다. 적어도 이런 생각을 하는 동안만은 썩어 문드러져 가는 자신의 육체를 잊을 수 있었던 것이다. 그러나 몸을 조금 움직이자 다시 피부의 통증이 따라왔다. 그는 곧 통증이 느껴졌던 자신의 손을 응시하였다. 그리고 그 손을 살며시 얼굴 위로 가져가 손가락 끝으로 눈썹, 코언저리를 천천히 더듬어 보았다. 그러자 다시 마음이 위축되고 시기와 저주 따위의 감정이 그의 마음을 지배하였다.

'오늘은 웬일인지 아침부터 마음이 안정되지 않는구나. 친구들이 찾아오지 않는 것은 분명 내 병을 두려워하고 있기 때문이야. 옮을까 봐 두려우면서도 동정이라도 하듯 나의 마음을 헤아려 오지 않는 것이라 하겠지. 흥, 그자들에게는 '내가 원치 않는 바를 남에게 강요하지 마라' 는 스승의 가르침이 이런 때에만 유용하겠지.'

이런 못된 심보가 그의 마음에 스멀스멀 피어올랐다. 그런 악한 기운은 스스로 가라앉지 않고 결국 스승 공자까지도 의심하는 방향으로 흘러갔다.

'그러고 보니 스승님도 한 달 가까이나 오시지 않았군. 생각해 보니 나의 얼굴이 짓무르기 시작한 것 또한 지난번 찾아왔을 무렵부터였지. 그래, 스승님도 결국 발뺌을 하시는구나.'

공자는 종종 위엄 있는 태도로 이렇게 말씀했었다.

"겨울이 되고 나서야 어느 것이 진정한 상록수인지를 알 수 있다."

'성인으로 알려져 있긴 하지만 과연 스승님을 상록수라 할 수 있을까? 그래, 이번 기회에 분명히 알 수 있겠지. 어쩜 그건 내가 이런 몹쓸병에 걸린 덕분인지도 몰라.'

속눈썹까지 빠진 백우가 부어 오른 얼굴을 음울하게 일그러뜨리며 쓸쓸하게 웃었다. 그러나 몹시 불쾌한 기분이 들었다. 공자라는 한 인간의 가면을 벗기기 위해 자신이 희생자가 된 느낌이 들었던 것이다.

'아, 공자 한 사람 때문에 지금까지 우리는 얼마나 많은 고통을 겪어 왔던가? 더구나 이런 못된 병을 얻으면서까지 그 정체를 밝혀 내야 하다니. 공자라는 인간이 그토록 많은 사람들에게 희생을 요구할 만큼 가치가 있는 것일까?'

그러한 터무니없는 생각을 하자니 머리가 돌아 버릴 지경이었다. 그는 잠시 멍한 표정으로 허공을 노려보았다. 그때 갑자기 하인이 방문 앞으로 다가와 말하였다.

"스승님이 오셨습니다."

백우는 움찔했다. 그리고 악몽에서 깨어난 사람처럼 머리를 흔들었다. 당황하여 일단 일어나 앉긴 했지만 그가 덮은 홑이불이 희미하게 떨리고 있었다.

"이곳으로 모셔도 되겠습니까?"

하인이 방 안으로 들어서며 물었다. 백우는 아무런 대답도 하지 않았다. 하인은 잠시 주인의 명을 기다리다가 그대로 방을 나서며 조용히 문을 닫았다.

얼마의 시간이 흘렀을까. 백우는 홑이불 속에서 계속 떨고 있었다. 그러자 갑자기 창 밖에서 공자의 목소리가 들렸다.

"백우야, 나는 네 얼굴을 보러 온 게 아니야. 목소리만이라도 들어 보고 싶어서 찾아온 거란다."

"……."

"요즘의 병세는 어떻느냐? 역시 좋지 않은가? 하지만 마음만은 편안히 갖도록 해야 해. 마음이 편치 않은 것은 군자의 치욕이란다."

"스승님, 죄…… 죄송합니다."

목이 메는 듯 백우의 목소리가 잠겼다.

"아니란다. 그대로 있어도 괜찮아. 네 마음은 충분히 알고 있단다. 나에게 불쾌한 느낌을 주지 않으려는 네 기분은 옳다고도 할 수 있지. 하지만 말이다……."

공자는 잠시 말을 끊었다가 다시 말을 이었다.

"만일 네가 그 병을 부끄럽게 생각하여 얼굴을 가리는 것이라면 그건 옳다고 할 수 없단다. 네 병은 하늘의 뜻이야. 천명은 천명으로 받아들여야지. 조용히 견디며 따르는 데에 길이 있어. 그것이야말로 큰길이지. 그 길을 걷는 사람만이 진정으로 지·인·용知仁勇의 덕을 완성하여 근심이나 두려움 없는 심경을 개척할 수 있는 것이란다."

백우는 목을 놓아 꺼이꺼이 울었다. 그 울음소리가 문 밖에 서 있는 공자의 귓가에도 또렷이 들렸다.

"백우야, 이리 손을 내보려무나."

공자는 이렇게 말하며 자신의 손을 방문에 붙어 있는 창문 안으로 쑥 집어넣었다. 백우의 얼굴은 창문 위의 벽에 가려져 보이지는 않았다.

악어가죽처럼 거칠거칠한 손이 겁을 먹은 듯 천천히 홑이불 속에서 나왔다. 공자의 손은 어느새 그의 손을 꼭 잡고 있었다. 그가 다시금 목 놓아 우는 소리가 들렸다.

"백우야, 자네와 나 둘 다 세상을 하직할 날이 얼마 남지 않았겠지. 부디 마음을 편안히 가져야 하네."

공자는 이렇게 말하며 백우의 손을 놓고는 조용히 발걸음을 옮겼다. 가는 도중 몇 번이나 수행하는 사람을 돌아보며 탄식하였다.

"이 또한 하늘의 뜻이겠지. 하지만 저리 출중한 인물이 이런 병에 걸리다니 참으로 슬픈 일이도다."

백우가 비에 젖은 독버섯 같은 검은 얼굴을 살며시 홑이불 속에서 내민 것은, 그로부터 반 시각이 지난 후의 일이다. 그는 온 몸에 배어 있는 땀을 조심스레 닦아 내며 자리에서 일어나 앉았다. 마음속에 무엇인지 모를 상쾌한 것이 흐르고 있었다.

백우는 예전에 '아침에 들어 깨달으면 저녁에 죽어도 후회될 것이 없다'고 말한 공자의 말을 떠올렸다. 지금 그 말이 백우의 가슴에 절절하게 와 닿았다.

'영원은 현재의 일순에 있다. 매 순간순간 도를 생각하며 살아가는 마음이야말로 삶과 죽음을 초월하여 영원히 살아가는 거겠지.'

그는 이렇게 생각하였다.

'천명…… 그래, 모든 것은 하늘의 뜻이야. 병든 사람이나 건강한 사람이나 모두 하늘의 뜻에 따라 살아가는 거야. 하늘은 평등하다. 하늘의 마음에는 나와 너의 구별이 없지. 악의는 말할 나위도 없고……. 하늘은 다만 걸어야 할 길을 한결같이 걸어가는 것이야. 그리고 천명을 깊이 음미하는 사람만이 매 순간 도 속에서 살아갈 수 있는 거겠지.'

이제야 그는 공자의 마음을 분명히 알 수 있었다. 그는 조금 전 공자가 잡아 주었던 자신의 손을 지그시 바라보았다.

그의 마음은 무한히 평화로웠다. 이제는 자기 육신의 추악함이 부끄럽지 않았다. 그는 언제 죽어도 여한이 없는 듯 황홀한 마음으로 뭉그러진 얼굴 위로 미소를 지었다.

스승님,
부디 스승님의 소망도 들려 주십시오.

소망을 말하다

안연과 자로가 공자를 모시고 한자리에 있었다. 공자가 말했다.
"너희들의 소망하는 바를 각기 말해 보거라."
자로가 먼저 말했다.
"좋은 말과 수레와 가벼운 가죽옷을 얻어가지고 벗들과 같이 나눠 쓰다가 헐어 못 쓰게 되어도 유감으로 생각지 않겠습니다."
안연이 말했다.
"착한 일을 하되 남에게 자랑하지 않고, 남에게 힘든 일을 강요하지 않겠습니다."
자로가 다시 말했다.
"스승님께서 원하시는 바도 들려 주십시오."
공자가 답했다.
"노인들을 편안하게 해 주고, 벗들에게는 신의를 지키며, 어린아이를 사랑하겠다."

_공야장편公冶長篇

어느 날 저녁 무렵, 공자는 제자들이 돌아간 후 안연과 자로 두 사람과 이야기하고 있었다. 분위기는 매우 평화로웠다.

평소 공자는 안연을 더할 나위 없이 사랑했다. 안연이 공자의 말 한 마디 한 마디에서 깊은 의미를 찾아내어 연마하기를 게을리하지 않았기 때문이다. 실제로 안연은 하나를 들으면 열을 알 만큼 영특함을 소유하고 있었다. 하지만 그가 공자의 마음을 얻은 이유는 두뇌의 명민함 때문이 아니라 마음의 경건함 때문이었다. 안연의 마음이야말로 인생의 진정한 보물이라고 공자는 언제나 생각하고 있었다.

자로도 공자가 사랑하는 제자 중의 한 사람이었다. 그는 공자의 제자 중 제일 연장자였다. 공자보다도 겨우 아홉 살 아래였다. 하지만 마음만큼은 누구보다도 젊었다. 그 청년다운 활달함이 언제나 공자를 미소짓게 했다. 그러나 자로에 대한 사랑은 안연에 대한 사랑과는 조금 달랐다. 공자는 안연에 대해서는 진리를 발견했을 때와 비슷한 사랑을 느꼈지만 자로에 대해서는 그렇지가 않았다.

사실 공자는 자로에 대해 깊은 우려를 느끼고 있었다. 자로가 자부심 때문에 사물을 천박하게 관찰하고 행하는 버릇이 있었기 때문이다. 자로는 도를 실행하려는 용맹심은 누구보다도 강했으나 그가 실행하려는 도는 언제나 2차적인 것에 머무르곤 했다. 자로는 스스로 정의를 실천하고 있다고 믿었으나 사실은 정반대의 방향으로 내닫곤 했다. 활달하고 실행력이 강한 만큼, 이러한 자로의 위험성은 더욱 컸다. 그래서 공자는 자로의 활기찬 모습을 보면서도 진심으로 우러나와 미소를 지을 수 없었다. 미소 뒤에는 언제나 걱정스러운 불안감이 그의 가슴을 파고들었다.

특히 오늘처럼 해질녘의 석양빛을 받으며 안연과 자로 두 사람만을 상대하고 앉아 있으면, 공자의 눈에는 병약한 안연보다 늠름한 자로가 더 초라하고 공허해 보였다. 그래서 오늘은 특별히 차분하게 마음먹고 자로가 반성하도록 타일러 보려 했다.

자로를 반성시키는 데는 오늘처럼 좋은 기회가 없을 것이었다. 자로는 자부심이 강해서 많은 제자들, 특히 학문에 있어서는 자신의 후배라고 생각하고 있는 제자들 앞에서 공자에게 훈계를 받는다면 견뎌 내기 어려울 수 있다. 우회적으로 타이르면 그것이 설령 자신에 대한 풍자임을 알았다 하더라도 자로는 그것이 자신과는 관계없는 일이라는 듯 처신할 것이다. 그만큼 그의 자부심은 강했다.

하지만 그렇듯 강한 자로의 자부심도 안연에 대해서만큼은 고개를 들지 않았다. 안연은 누구에게나 그랬지만, 연상인 자로에게는 더욱더 겸손하게 대하였다. 때로는 자로가 한 말을 자로 자신보다 깊이 해석하여 큰 깨달음을 얻고 마음으로부터 자로에게 고개를 숙인 적도 있었다. 그럴 때마다 자로는 약간의 부끄러움은 느꼈다. 그러나 안연이 자신을 높이 평가해 주는 것을 내심 즐기기도 했다.

여하튼 이러한 이유로 자로는 평소 안연에게 친밀감을 느끼고 있었다. 그래서 안연과 함께 있는 자리에서라면 공자로부터 훈계를 들어도 그다지 수치스럽지 않을 것처럼 여겨졌다. 공자는 그것을 알고 있었던 것이다. 그러한 자로의 심성이 또 공자를 마음 아프게 했다.

하지만 공자는 이내 마음을 다잡았다. 자로를 타이르는 데는 다른 사람들이 없는 편이 나으리라. 제자라고는 안연과 자로뿐이었지만 그래도 공자는 자로를 정면으로 훈계하지는 않았다. 그는 안연에게만 말을 거는 대신 두 사람을 향해 넌지시 이야기를 꺼내었다.

"오늘은 제각기 소망하는 바를 이야기해 볼까?"

공자의 말이 끝나자 자로는 눈을 반짝이며 금세 입을 움찔거렸다. 공자는 그것을 보았지만 일부러 못 본 척하고 안연을 바라보았다.

안연은 지그시 눈을 감고 있었다. 그는 마음속 깊은 곳에서 무엇인가를 찾고 있는 듯했다.

자로는 자신에게 말할 기회를 주지 않는 공자가 조금은 원망스러웠으나 얼굴에 표시를 내지는 않았다. 다만 나지막이 공자를 불렀을 뿐이다.

"스승님!"

공자가 하는 수 없이 자로를 쳐다보았다.

"스승님, 저는 정계의 높은 자리에 올라 마차를 타고 모피로 지은 의복을 입는 신분이 되어도, 친구와 함께 마차를 타고, 친구와 함께 그 의복을 입을 것입니다. 또한 친구가 그것들을 손상시켜도 전혀 유감으로 생각하지 않을 것입니다."

자로는 물욕을 초월한 듯한 말을 했다. 그러나 공자는 자로가 입신출세를 전제로 삼아 친구를 아래로 내려다보고 있다는 생각이 들어 걱정이 되었다. 그러나 말을 아꼈다. 대신 재촉하듯이 안연을 다시 돌아보았다.

안연은 언제나처럼 겸손한 태도로 자로의 말에 귀를 기울이고 있었다. 공자의 눈길을 느낀 안연은 다시 한번 자신의 마음을 탐색하듯 눈을 감았다 뜨고는 조용히 입을 열었다.

"저는 착한 일을 남에게 자랑하지 않고, 남에게 힘든 일을 강요하지 않으며, 자신이 해야 할 일을 정성껏 해 나가고자 합니다."

공자는 가볍게 고개를 끄덕이며 안연의 이야기를 들었다. 그러면서도 자로가 어떤 반응을 보이는지 자로를 살폈다.

자로는 안연의 말이 뭔가 심오한 것처럼 느껴졌다. 자신이 피력한 소망이 그에 비해 피상적인 것처럼 느껴져 부끄럽기도 했다. 하지만 안타깝게도 그의 자부심이 동시에 고개를 쳐들었다. 그는 살며시 안연을 바라보았다.

안연은 언제나처럼 평온하게 앉아 있을 뿐 자로가 한 말에 대해 비웃는다거나 깔보는 기색이 전혀 없었다. 그런 안연의 태도에 자로는 일단 마음을 놓았다.

하지만 안연에 대한 안도감이 들자마자 자로는 공자가 어떻게 생각하고 있는지 걱정이 되기 시작했다. 자로는 초조감을 감추고 공자가 말하기를 기다렸다. 그러나 공자는 아무 말도 하지 않았다. 가만히 그의 얼굴을 바라보고 있을 뿐.

꽤 한참 동안 침묵이 계속되었다. 자로에게는 그 어떤 기다림의 시간보다 길게 느껴졌다. 그는 눈을 떨구고 공자의 발치를 내려다보고 있었지만, 공자의 시선이 자신의 이마 부근에 있음을 느낄 수 있었다.

그는 점점 더 어찌할 바를 몰랐다. 안연마저 아무 말도 하지 않고 있으니 그의 신경은 더욱 날카로워졌다. 공연히 안연 때문에 이런 사단이 벌어진 것 같아 화가 치밀었다.

결국 자로는 그 침묵을 견딜 수 없게 되어 공자에게 말하였다.

"스승님, 스승님의 소망도 들려 주십시오."

공자는 자로가 안연에게도 그 천박한 자부심을 버리지 못하는 것을 보고 공연히 슬퍼졌다. 그리고 깊은 연민의 시선을 띠며 자로를 향해 대답했다.

"나 말이냐? 나는 노인들의 마음을 편안하게 해 주고 벗들에게는 신의를 지키며 어린아이를 사랑하고 싶을 뿐이다."

자로는 공자의 대답이 매우 평범하다는 생각이 들었다. 그에 비하면 자신이 한 말이 괜찮은 편이라고도 생각하였다. 초조했던 그의 기분이 언제 그랬냐 싶게 사라져 버렸다.

그런데 공자의 답을 듣고 있던 안연의 얼굴이 점차 홍조를 띠어 갔다. 안연은 지금까지 몇 번이나 공자의 경지에 이르렀다고 생각한 순간에 언제나 스르르 밀려나는 듯한 느낌이 들었는데 이때도 그랬다. 그는 자신이 여전히 자신이라는 것에 얽매여 있음을 깨달았다.

'스승님은 오직 노인과 벗과 어린아이의 일만을 생각하고 있다. 그것을 기준으로 자신을 규제하려는 것이 스승님의 길이다. 내가 말한 자신의 착한 일을 남에게 자랑하지 않는다든지, 남에게 힘이 드는 일을 강요하지 않겠다는 것은 결국 자신을 중심으로 한 생각이다. 그것은 두뇌로 엮어 낸 논리에 지나지 않는다. 우리 주위에는 언제나 노인과 벗과 어린아이가 있다. 인간은 이 현실에서 해야 할 일을 해 나가면 될 뿐이다.'

자신에 얽매이지 않는 곳에서 자랑하거나 강요하는 따위의 문제가 생길 리가 없다고 생각한 안연은 고개를 깊이 떨어뜨렸다. 공자는 자신의 말이 안연에게 큰 감명을 준 것을 보고 말할 수 없는 기쁨을 느꼈다.

하지만……

'자신에 얽매여 있음을 깨달아야 할 자로는 아무것도 얻지 못한 채 여전히 천박한 자부심에 사로잡혀 있구나.'

자로를 바라보는 공자의 마음이 더욱 무거워졌다. 그는 그날 밤 잠자리에 든 후에도 자로를 위해 여러 가지로 마음을 썼다.

말을 잘 하는 사람은 믿을 수가 없다.
왜냐하면 진정으로 도를 실천하려는 사람인지
겉만 번지르르한 사람인지를 그의 말을 통해서는 판단할 수 없기 때문이다.

말 잘 하는 자로

자로가 자고를 비費의 지방관으로 천거하자 공자가 말했다.
"그를 망치게 되리라."
이에 자로가 말했다.
"백성도 있고 사직도 있습니다. 반드시 책을 읽어야만 배우는 것은 아니잖습니까?"
그러자 공자가 말했다.
"그러므로, 자네 같이 말 잘 하는 사람을 미워하는 것이다."

_선진편先進篇

한때 자로는 계씨季氏를 보좌하며 상당한 권한을 행사하고 있었다. 그는 남이 부탁하면 우두머리 기질을 발휘하여 여러 사람들을 등용했는데, 자고子羔를 비의 지방관으로 임명한 것도 바로 그 무렵의 일이었다.

비는 다스리기 어려운 고을로 알려져 있었다. 민자건 같은 훌륭한 인물도 잘 다스리지 못했던 곳이다. 그런데 아직 나이도 어리고 학문도 얕고 머리도 아둔한 편인 자고를 임명하려 하다니. 이를 전해 듣고 누구보다도 걱정한 사람은 바로 공자였다.

'자로는 정말 일을 곤란하게 만드는군. 무모하기 이를 데 없어. 무엇보다도 인사는 신중해야 하는데 말이야. 그렇지 않으면 정치의 근본이 무너져 버리지. 이 일에서 첫째로 불쌍한 것은 당사자인 자고이다. 스스로는 출세했다고 기뻐할지 모르지만 오히려 그의 앞길이 막히고 말 거야. 어리석은 자는 어리석은 대로 서서히 커 가게 놔두어야 도움이 되는 법인데……'

자로는 공자가 자신을 걱정하고 있으리라고는 꿈에도 생각하지 못하고 있었다. 그는 공자의 제자를 하나라도 더 벼슬길에 오르게 해 준다는 데 보람을 느끼고 있던 참이었다. 그는 그것이 공자의 가르침을 널리 알리는 데 가장 좋은 방법이라 생각했고, 공자를 기쁘게 해 주는 최선의 길이라고 믿었다. 그래서 득의양양하게 공자를 찾아가 자고를 벼슬길에 천거했다고 보고한 것이다.

그런데 공자는 대뜸 이렇게 말했다.

"자고를 망치고 있구나."

자로는 당황하였다. 지금까지 공자로부터 많은 질책을 받아왔지만 이처럼 느닷없이 직설적으로 질책을 받아 본 적이 없었다. 눈이 휘둥그레진 그는 공자가 무엇을 잘못 알고 있는 것은 아닌지 의심스러워 다시 한번 천천히 말씀을 드렸다.

"스승님, 이번에 자고를 비의 지방관으로 등용하도록 천거하였습니다."

"알고 있네. 지금 자네가 그리 말했지 않았는가."

공자는 미동도 하지 않고 자로를 바라보며 대답하였다.

자로는 아무래도 오늘 스승님의 심사가 좋지 않으신 모양이라고 생각했다. 자고를 등용한 것이 잘못된 일이었다고는 꿈에도 생각지 않았으니까. 그래서 그는 살며시 고개를 숙이며 이렇게 말했다.

"또 한 명의 동료를 관직에 보내게 되었습니다. 도道를 위해 기쁘게 생각합니다."

"사람을 망치는 것은 도가 아니다."

공자는 여전히 미동도 하지 않았다.

자로는 그제야 비로소 공자가 언짢게 여기고 있는 이유를 눈치 챘다. 하지만 자신의 과실을 마음으로부터 인정할 수도 없었거니와, 설령 자신의 과실이 무엇인지 알았더라도 깨끗하게 사죄할 수 없는 것이 그의 나쁜 버릇이었다. 물론 이번에는 머리가 아둔하다는 평을 듣는 자고를 자신이 미처 생각하지 못하고 등용시킨 점을 깨달았지만, 공자가 자신을 인물 보는 눈이 없다고 여길 것을 생각하니 고통스러웠다.

'나에게 인물을 알아보는 눈이 없는 것이 아니다. 자고라는 사람의 자질 정도는 나도 알고 있었어. 알고 있으면서 등용한 데는 이유가 있는 것이다.'

자로는 공자가 그렇게 생각하도록 하고 싶었다. 그래서 되도록 태연한 어조로 이렇게 물었다.

"자고에게 유익하지 않은 일을 했다는 말씀이십니까?"

"자로야, 너는 그렇게 생각하지 않느냐?"

공자의 어조는 나지막했으나 거스를 수 없는 엄숙함이 있었다.

"물론 자고에게 조금 힘이 부칠 것 같다는 생각은 듭니다만……."

"조금 정도가 아니야. 그는 아직 학문을 다 익히지 못한 사람이다."

"그래서 실제 경험을 통해 학문을 익히도록 하려는 것입니다."

"실제 경험을 통해?"

"그렇습니다. 책을 읽어야만 학문을 익히는 건 아니잖습니까?"

자로는 얼떨결에 공자가 자신들에게 들려 주던 말을 그대로 말하였다. 그 말을 들은 공자가 묘하게 얼굴을 일그러뜨렸다. 그러나 자로는 공자의 표정 변화를 눈치 채지 못했다. 그만큼 마음의 여유가 없었던 것이다. 자로는 공자의 질책으로부터 벗어났다는 안도감에 겨우 숨을 돌렸다. 그의 어조는 매우 안정돼있었다.

"비에는 다스려야 할 백성이 있습니다. 제례를 올려야 할 사직도 있습니다. 백성을 다스리고 제례를 올리는 일은 살아 있는 학문입니다. 진정한 학문은 경험에 의한 것이어야 한다고 스승님께서도 늘 말씀하셨잖습니까. 저는 자고처럼 책으로 학문을 터득할 힘이 부족한 사람에게는 하루라도 빨리 실무를 익히게 하는 편이 낫다고 생각합니다. 실무를 맡게 되면 누구든 우물쭈물하고 있을 수는 없으니까요."

자로는 단숨에 말해 버렸다. 말을 하면서도 자신의 말에 묘한 자부심이 느껴졌다. 비록 처음에 자로를 등용할 때는 그런 의도가 아니었으나 말을 하고 나니 자신이 그런 깊은 생각에 힘입어 행동한 것 같았다.

자로는 공자의 대답을 기다렸다. 그러나 공자는 자로를 외면한 채 답을 하지 않았다. 그저 가만히 눈을 감고 무엇인가를 골똘히 생각하는 듯했다.

자로는 스승님의 질책을 피하려는 나머지 스승님을 공격해 버린 것이 아닌가 하는 마음에 공연히 미안해졌다. 자신의 말이 너무 핵심을 찔러 스승님이 난처해하고 있다고 생각하였다. 그는 어떻게든 이 자리를 얼버무려야겠다고 생각했지만 유감스럽게도 그러한 경우의 기교에는 능하지 못했다. 그래서 그 역시 잠자코 있었다.

침묵의 시간은 길어졌다. 그 시간이 길어질수록 그는 점차 공자가 두려워지기 시작했다.

'지금 나는 스승님께 드린 말씀을 나 스스로 믿고 자신할 수 있는가?'

결코 아니라고 그는 자답하지 않을 수 없었다.

'자고에게 유익하지 않음은 스승님의 말씀을 들어 보지 않아도 알 수 있는 일이었어. 그러면 나는 대체 누구를 위해 그를 등용한 거지? 물론 비의 백성을 위한 것은 아니었다. 자고를 위한 것도 아니고. 비를 위한 일도 아니라면 더더욱……'

여기까지 생각이 미친 그는 더 이상 공자 곁에 앉아 있을 수 없었다. 일단 반성하기 시작하면 애가 타서 가만히 있을 수 없을 만큼 부끄러워지는 자로였다. 그는 어떻게 해서든 기회를 엿보아 일어서야겠다고 생각했다.

그때 공자의 얼굴이 천천히 움직였다. 자로에게는 그것이 번개처럼 느껴졌다. 공자가 천천히 입을 떼었다.

"자로야, 나는 말을 잘 하는 사람을 믿을 수가 없어. 왜냐하면 진정으로 도를 실천하려는 사람인지 겉만 번지르르한 사람인지를 그의 말을 통해서는 판단할 수 없거든. 우리는 정면에서 반대할 수 없는 논리로 무장된 악한 행위가 있음을 알아야 해. 자신의 선善을 위해 남을 망치게 하는 일도 그런 행위 중 하나지. 그런 행위를 하는 자는 언제나 훌륭한 논리를 구사한단다. 그리고 나는……"

여기서 공자의 목소리가 한층 커졌다.

"그러한 논리를 교묘히 구사하는 자를 마음으로부터 증오해."

자로는 공자의 말에 심히 마음이 상하여 물러나왔다. 그가 경험에 의거한 학문의 의미를 진정으로 이해할 수 있었던 것은 그 후의 일이었다.

괴로워하는 것은 괴로워하지 않는 것보다 낫다.
괴로워하게 된 것은 하나의 발전이다.

자신의 힘을 부정하는 자

염구가 말했다.
"스승님의 도를 기뻐하지 않는 것이 아니라, 힘이 모자랍니다."
공자가 답했다.
"힘이 모자라는 사람은 도중에서 그만두지만, 지금 자네는 스스로 선을 긋고 움츠리고 있네."

―옹야편雍也篇

"염구는 요즘 어찌 된 일인지 기운이 없어 보이는군."

공자로부터 이런 말을 들을 만큼 염구는 실제로 몹시 피곤해 보였다. 몸에 특별히 이상이 있는 것은 아니었다. 그저 기분이 몹시 울적할 뿐이다.

그가 공자의 제자가 된 것은 사실 벼슬길에 오르기 위한 것이었다. 벼슬길에 오르려면 시서예악詩書禮樂에 통달해야 하는데, 그 방면의 일인자가 공자였던 것이다. 그의 얕은 생각에 공자의 제자로 들어가기만 하면 학문을 제대로 닦을 수 있을 것이고 벼슬길에 나서기도 쉬우리라 판단했다. 그런 얕은 꾀로 그는 면학에 정진하고 있었던 것이다.

그런데 공자로부터 가르침을 받은 지 얼마 되지 않아 그는 하나의 의문에 부딪쳤다. 그것은 공자의 학문이 처음에 자신이 생각하고 있던 것과는 달리, 실용에 적합하지 않은 것처럼 생각되었던 것이다. 아, 물론 공자는 언제나 이론보다는 실행을 강조했다. 그도 그것은 잘 알 수 있다. 그러나 그 실행이라는 문제가 현실의 세상과 매우 동떨어진 것이어서, 그것을 충실히 지키고 있으면 왠지 실패자가 될 듯한 기분이 들었다.

'객관성을 지니지 않은 진리는 공상에 지나지 않는 것이 아닐까? 난 아름다운 공상을 얻으려고 공자의 제자로 입문한 것이 아니야. 좀 더 생활에 의거한, 실현성이 있는 가르침을 받고 싶다. 게다가 이런 꿈 같은 가르침만 받다 보면 언제 벼슬길에 오를 기회가 주어질지 알 수 없는 노릇이다.'

그러고 보니 그의 눈에 공자는 제자들이 벼슬길에 나갈 수 있도록 적극적으로 주선해 주고 있는 것 같지도 않아 보였.

스승님은 곧잘 '자신에게 그만한 능력이 있으면, 세상에 이름이 알려지지 않는 것을 걱정할 필요는 없다'고 하시지만 요즘 세상에는 어울리지 않는 이야기일 뿐이다. 아무튼 이대로 나가면 안 되겠다. 안회는 고지식하게 스승의 언행을 따르며 기뻐하는 모양인데, 몸이 허약하여 분주하게 활동해야 할 정치가가 될 수 없는 사람은 그런 식으로 스스로를 위로하는 수밖에 없는 법이지. 하지만 나머지 제자를 안회와 동일시하여 그의 흉내만 내고 있으면 된다는 식으로 말하고 있는 것은 이해하기 어려운 걸? 하긴 안회는 고지식하니 개인적인 덕행은 뛰어날지 모르지. 그러나 정치에는 자로에게서 보이는 만용도 필요하고 자공이 갖고 있는 화려함도 필요하지 않겠어? 이루어 나가는 방식이 누구나 똑같을 수는 없는 법이지. 개성을 무시하면서 어떻게 교육이 이루어지며 도가 성취될 수 있겠는가 말이다.

염구는 이러한 불평을 품은 지 오래되었다. 그 동안 그는 몇 번이나 온갖 이론을 동원하여 공자에게 부딪쳐 보았다. 그러나 공자는 번번이 타일러 염구를 꼼짝 못 하게 만들었다. 그때마다 염구는 맥이 빠졌다. 그런 다음에는 어김없이 울적한 기분이 그의 마음을 지배했다.

그는 공자가 제자들의 마음을 너무나 잘 알고 있는 것에 놀랐다. 그가 아무리 잘 꾸며서 말해도 공자는 언제나 앞질러 가서 그의 앞을 가로막았다. 개성을 무시하기는커녕, 한 사람 한 사람의 병폐를 환히 들여다보고 있다가 급소를 꾹 찔러 버렸다. 게다가 그 급소를 찌르는 방식이 결코 순간적인 착상으로 이루어지는 것이 아니었다. 공자의 마음속 어딘가에 정밀한 기계가 설치되어 있어, 거기서 때와 경우에 따라 온갖 방식이 튀어나오는 것처럼 느껴졌다.

공자는 "도는 오직 하나"라는 말을 자주 들려 주었는데, 이는 아마 공자가 파악하고 있는 도일 것이다. 그러나 그 정체는 알 수 없었다. 어떤 이는 그것을 '인仁'이라고 했다. 또 어떤 이는 '충서忠恕'라고도 했다. 그러나 어떤 식으로 말하든 그 내용을 실제적으로 맛보기란 쉬운 일이 아니었다. 어쨌든 그것은 공자가 살아 있는 모든 움직임을 다루어 가는 힘이었다. 결코 염구가 생각하고 있었던 것처럼 아름다운 공상이 아니었다. 충분히 객관성을 지닌, 지혜가 스며나올 듯한 실생활의 진리인 것이다. 그것을 파악하는 일이야말로 진정한 학문이었다.

염구는 점차 그러한 면을 알아채기 시작하였다. 동시에 그의 태도도 점차 변해갔다. 그는 더 이상 벼슬길에 오르는 일 따위는 상관없었다. 그러한 마음으로 동료들을 살펴보니, 과연 안회는 그 중에서도 빼어난 존재였다. 민자건이나 염백우, 중궁 등도 훌륭했다. 재아나 자공은 조금 건방져 보였고, 자하와 자유는 어딘지 얄팍한 느낌을 주었으며, 자로는 결점투성이의 야심가처럼 보였다. 그러면 '나는 어떤가' 그는 이렇게 스스로를 되돌아보고 언제나 허전함을 느끼는 것이었다.

자로처럼 정치를 좋아하면서도 자로만큼의 강건함과 순박성을 갖고 있지 않은 그는 작은 계책을 꾸미거나 변명을 늘어놓는 경우가 많았다. 동료들 사이에서는 겸손하다는 평을 듣고 있지만 자기 자신은 속일 수 없는 법이다. 그것은 지기 싫어 체념을 하지 않는 교활함에서 나오는 겉치레의 겸손이었다. 그는 자신의 뱃속에 비겁하고 교활한 족제비가 살고 있어서 언제나 스스로를 배반하여 공자의 마음을 거역하도록 만드는 듯한 느낌을 지울 수 없었다.

'하지만 나는 도를 구하고 있어. 이는 틀림없는 사실이야.'

그는 정말로 그렇게 믿고 있었다. 그러나 동시에 그의 마음속 어딘가에서는 도를 피하려 하고 있었다. 그리고 그는 요즘 이렇게 생각하게 되었다.

'글렀어, 나는 공자의 도와는 원래 인연이 없는 사람이었어.'

그는 몇 번이나 공자의 곁을 떠나려고 했다. 그러나 결단을 내릴 수가 없었다. 우물쭈물하고 있는 동안 그의 뱃속에 사는 족제비가 그에게 몇 번이나 겉치레를 하기 위한 작은 계략을 꾸미도록 만들었다. 그러나 그 작은 계략을 쓴 뒤의 쓸쓸함은 점점 더 깊어지기만 했다. 그리하여 마침내 그의 안색이 공자의 눈에도 띌 만큼 핏기가 없어졌다.

마침내 어느 날, 그는 혼자서 공자를 만나러 갔다. 마음속에 있던 모든 것을 탁 털어놓고 공자의 가르침을 받을 작정이었다. 그런데 공자의 방에 들어서자 저도 모르는 사이에 뱃속의 족제비가 말을 하고 말았다.

"저는 스승님의 가르침을 매우 동경하고 있습니다. 다만 저의 능력이 모자라는 것이 유감스러울 뿐입니다."

그는 스스로의 말에 통절한 데가 없음을 알고 놀랐다.

'나는 무엇 때문에 혼자서 스승님을 만나 보려 한 것인가? 이처럼 평범한 말은 언제든지 할 수 있었다. 스승님도 필시 나를 우스운 인간이라고 생각하시겠지?'

이렇게 생각하며 그는 공자의 얼굴을 바라보았다. 그러나 공자는 그가 생각했던 것보다 훨씬 긴장해 보였다. 공자는 염구를 가만히 바라보다가 슬픈 듯이 말했다.

"괴로우냐?"

그 목소리를 듣자 염구의 족제비가 머리를 움츠렸다. 그 공간에 절실한 느낌이 대신 들어왔다. 그의 가슴이 충만해졌다. 그는 어머니의 가슴에 얼굴을 파묻고 실컷 응석을 부리고 싶은 생각마저 들었다.

"네, 괴롭습니다. 왜 저는 순수한 마음이 될 수 없는 걸까요. 언제까지나 이 모양이어서는 스승님의 가르침을 받아도 소용이 없으리란 생각이 듭니다."

"네 마음 잘 안다. 그러나 괴로워하는 것은 괴로워하지 않는 것보다는 나은 거야. 괴로워하게 된 것을 하나의 발전이라 생각하고 감사히 여겨야 한단다. 절망해서는 안 돼."

"하지만 스승님, 제게는 진실한 길을 파악할 재능이 없습니다. 원래 모자라는 사람입니다. 저는 비겁자입니다. 위선자입니다. 그리고……."

염구는 어떤 속박으로부터 해방된 것처럼 자신을 마구 헐뜯기 시작하였다.

"입을 다물어라."

공자가 단호한 목소리가 울려 왔다.

"염구야, 스스로의 결점을 늘어놓음으로써 위안을 삼을 셈이냐? 그럴 시간이 있으면, 왜 좀 더 괴로워하지 않는 거지? 자신에게는 그러한 능력이 없다고 변명하듯 말하고 있지만, 능력이 정말로 있느냐의 여부는 노력해 본 연후에라야 알 수 있는 게야. 능력이 없는 자는 중도에 쓰러지지. 쓰러짐으로써 비로소 능력이 모자랐음을 알게 되는 게야. 쓰러지기 전부터 자신의 능력이 모자라리라고 예정하는 것은 하늘에 대한 모독이란다. 여러 가지 악이 있지만, 아직 시험해 보지도 않은 자신의 능력을 부정하는 일만큼 큰 악은 없어. 그것은 생명 자체를 부정하는 의미가 되기 때문이지. 그러나 염구야."

공자는 목소리를 조금 낮추어 말을 이었다.

"너는 아직 마음으로부터 너의 능력을 부정하고 있는 건 아니구나. 너는 그렇게 말함으로써 내게 변명을 하는 동시에 네 자신에게도 변명을 하는 것일 뿐. 그건 좋지 않은 방법이란다. 그게 너의 제일 큰 결점이야."

염구는 스스로는 움츠린 것으로 여겼던 족제비의 머리가 공자의 눈에는 전혀 거리낌 없이 보였음을 알고는 조금 당황했다.

공자는 조용히 계속해서 말을 하였다.

"그것은 도를 구하고자 하는 너의 마음이 진정으로 불타오르지 않았기 때문이야. 구도심이 불타오르고 있으면, 자신이나 남에게 아첨하는 마음을 불태워 버리고 소박한 마음으로 돌아갈 수 있지. 소박한 마음이야말로 인仁에 접근하는 최선의 길이란다. 원래 인이라는 것은 먼 곳에 있는 게 아냐. 먼 곳에 있다고 생각되는 이유는 마음에 들여놓은 쓸데없는 장식품들에 의해 그것이 격리되어 있기 때문이지. 즉 구하는 마음이 아직 진지하지 않기 때문이란다. 너는 어떻게 생각하느냐?"

염구는 진심으로 공자 앞에서 고개를 숙였다.

"아무튼 스스로 제 역량을 한정시키는 듯한 말을 하는 것은 자신의 치욕은 될망정 변명은 될 수 없어. 요즘 젊은이들이 곧잘 부르고 있는 노래가 있는데 가사가 이러하지.

    당체꽃이 피어나
    펄럭이며 손짓하는데
    어찌 님 생각 않으리오만
    길이 너무 멀어
    갈 수가 없구려.

어떤가? 인간의 생명력을 믿는 사람에게는 매우 불만스러운 노래 아닌가. 길이 너무 멀다니? 길이 너무 멀다고 주저앉는 것은 님 생각하는 마음이 모자라기 때문이 아닌가 말일세. 안 그런가? 하하하."

 공자는 유쾌하게 큰소리로 웃었다. 염구는 전에 없이 명랑한 얼굴을 하고 방을 나왔다. 그 걸음걸이에는 새로운 힘이 솟아오르고 있었다.

썩은 나무에는 조각을 할 수 없고,
더러운 흙으로 쌓은 담은 흙손으로 다져 가꿀 수가 없다.

재여의 낮잠

재여가 낮잠을 잤다. 공자가 말하였다.
"썩은 나무에는 조각을 할 수 없고, 더러운 흙으로 쌓은 담은 흙손으로 다져 가꿀 수가 없다. 재여 같은 인간을 나무라서 무엇 하겠느냐!"
또 공자가 말하였다.
"내가 전에는 그의 말을 듣고 그가 행한 행실을 믿었지만, 이제는 그의 말을 듣고서도 그의 행실을 살피게 되었으니, 재여로 해서 내가 이렇게 사람 대하는 태도를 고치게 되었다."

_공야장편公冶長篇

낮잠을 자고 있던 재여宰與는 모처럼의 단잠에 기분 좋게 눈을 떴다. 주위는 조용했다. 그는 하품을 하며 기지개를 켜고는 천천히 침대에서 내려왔다. 그러고는 의자에 걸터앉아 두 손으로 턱을 고이고는 멍하니 창 밖을 내다보았다.

두세 마리 참새가 갑자기 날아올라 지붕에 앉았다. 해가 이미 기울어 안마당의 돌층계에는 이미 그늘이 지고 있었고, 기와 지붕은 누런 석양빛이 반사되고 있다. 그 석양빛 속에 참새들이 옹기종기 모여 앉아 있었다.

'낮잠을 너무 오래 잔 모양이군.'

그가 생각하였다. 그리고 약간 긴장된 표정으로 귀를 기울였다. 멀리 떨어져 있는 방에서 희미한 말소리가 들려 왔다.

'역시 낮잠을 너무 오래 잤군.'

그렇게 생각하며 그는 의자에서 일어서자 허둥지둥 방을 나가려고 했다. 그러나 방문 앞에 이르자 갑자기 멈춰 선 채 시선을 바닥에 떨구었다.

'구실이 없으면 난처하겠지?'

그는 한참 동안 발 소리가 나지 않게 방 안을 돌아다녔다. 걸으면서 몇 번이고 머리를 끄덕이거나 흔들었다. 그러고는 다시금 탁자 앞으로 돌아와 옷소매로 눈을 문질렀다. 그 일이 끝낸 후 그는 시치미를 떼고 방을 나섰다.

복도를 걸었다. 공자의 가르침을 받고 있는 방 앞에 이르자 그는 잠시 멈춰 서서 귀를 기울였다. 방 안에서는 이야기가 한참 진행된 상태였다. 공자의 목소리가 또렷이 들렸다. 그는 몇 번이고 머리를 흔들었다. 하지만 마침내 결심한 듯 문을 슬며시 열었다.

말소리가 뚝 그쳤다. 모든 사람들의 시선이 일제히 그를 바라보았다. 그는 쥐구멍이라도 있으면 숨고 싶은 심정이었다. 무릎이 떨려 왔다. 그러나 어쨌든 공자 앞으로 천천히 다가가 아무렇지도 않은 듯 절을 올렸다.

공자가 잠깐 그에게 시선을 주었다. 그는 그 기회를 놓치지 않고 변명을 하려 했다. 하지만 말이 잘 나오지 않았다. 그는 속이 타는 듯 꿀꺽 침을 삼켰다.

"그러므로……."

공자가 제자들을 돌아보며 이야기를 시작했다.

"함께 배울 수 있는 사람은 있어도, 함께 도에 정진할 수 있는 사람은 적은 것이다."

재여는 자신을 두고 말하는 듯하여 움직일 수가 없었다. 공자는 계속해서 말했다.

"또 함께 정진할 수 있는 사람은 있어도, 유사시에 조금도 흔들리지 않는 신념에 입각하여 행동을 함께할 수 있는 사람은 드문 것이야."

이 말에 재여는 공자가 자신만을 가리키는 것이 아닌 듯하여 마음을 놓았다. 그러나 제자리로 들어가기도 어색하다는 생각이 들어 그대로 가만히 서 있었다.

"그렇지만……."

공자는 상체를 앞으로 기울이며 말을 이어 나갔다.

"여기까지는 인간 진보의 흐름이라고 할 수 있지. 아무리 신념이 견고해도, 그것이 흐름인 한은 아직 옹색한 거야. 진정으로 일을 함께하기에는 부족해. 흐름을 벗어나서 천변만화하는 현실의 사태에 즉응하여 자유로이 잘못을 저지르는 일 없이 살아갈 수 있는 사람이야만 비로소 함께 일을 할 수 있는 거야. 그렇지만 그러한 사람은 좀처럼 찾기 어려운 법이지.”

재여는 공자의 말이 매우 어렵게 느껴졌다. 하지만 천변만화하는 현실에 즉응하는 것이 임기응변을 뜻하는 것이라면 자신도 남에게 밀리진 않을 것이라는 생각이 들었다. 그는 기분이 좋아져 그제야 제자리에 가서 앉으려고 했다.

이야기를 마치고 그의 행동을 지켜보고 있던 공자는 그가 바로 자리에 앉으려는 순간에 그를 불렀다.

“재여!”

공자의 목소리는 그다지 크지 않았지만, 재여의 가슴은 덜컥했다. 재여는 앉으려다 말고 일어섰다.

“네게는 전혀 소용없는 이야기야. 저리로 가서 쉬고 있어라.”

모두의 시선이 공자에게 쏠렸다. 그러다가 이내 재여의 얼굴로 쏠렸다. 재여는 소리 나지 않는 소용돌이 속에서 빙글빙글 돌고 있는 듯한 느낌이 들었다. 하지만 의식만은 아직 또렷했다. 그는 뭐라도 말해야겠다는 생각이 들었다.

“지각을 해서 죄송합니다. 하지만…….”

“하지만?”

공자가 되뇌었다. 재여는 다음 말을 이으려다 공자의 기에 눌려 아무 말도 하지 못했다. 공자가 다그치듯 말했다.

"낮잠을 변명하려거든 그만두거라. 그것은 잘못을 거듭하는 일이니까."

재여는 당황했다. 하지만 그는 이럴 때 어떻게 처신해야 할지 모르고 있었다. 처지가 몰릴수록 뭔가 말을 하지 않으면 안 될 것 같았다.

"사실은……."

재여가 무슨 말을 꺼내려고 하자 공자의 얼굴이 순식간에 새빨개졌다.

"재여!"

재여뿐만 아니라 모든 사람의 고개가 저절로 떨굴 만큼 공자가 큰 소리로 재여를 불렀다.

"너는 이중 삼중으로 잘못을 저지르려 하는구나. 그러면 너는 썩은 재목이나 더러운 흙으로 쌓은 담과 다를 게 없어. 썩은 재목에는 조각을 할 수 없지. 더러운 흙으로 쌓은 담은 아무리 마무리 칠을 해도 무너져 내릴 뿐이야."

공자는 그렇게 말하고 재여로부터 눈을 돌렸다. 그러고는 갑자기 목소리를 낮추어 다른 제자들에게 말했다.

"큰소리를 내서 미안하구나. 이제 아무 말도 하지 않겠다. 재여를 나무라는 건 소용없는 일이야."

한참 동안 아무도 입을 열지 않았다. 재여는 방 안을 나갈 수도 자리에 가 앉을 수도 없는 상황이었다. 그저 휘청거리는 듯한 몸을 가까스로 견디며 서 있을 뿐이었다. 어둠컴컴해져 가는 방 안에 후텁지근한 공기가 가득했다. 모두가 땀을 흘렸다.

"재여는 얼마 동안 혼자서 생각해 보도록 해라."

공자가 침묵을 깨며 부드러운 목소리가 말했다. 하지만 아직도 방 안에는 긴장감이 맴돌았다. 잠시 후 재여는 사람들이 주시하는 가운데 고개를 떨구고 맥없이 방을 나섰다.

재여의 발걸음 소리가 사라지자 공자는 눈을 내려뜨며 쓸쓸히 말하였다.

"지금까지 나는 모두가 제각기 말하는 대로 실행하고 있는 것으로만 알았지. 그러나 이제부터는 그럴 수 없게 되었구나. 말과 행동이 일치하는지 확인하기 전에는 안심할 수 없게 되어 버렸어. 재여의 일도 그렇고…… 사람을 의심하게 되니 마음이 울적해지는구나."

제자들은 고개를 숙인 채 아무 말도 하지 않았다.

"언제나 하는 말이지만, 잘못을 저질렀으면 고치기를 망설여서는 안 된다. 과오는 누구나 저지를 수 있어. 그러나 그것은 일시적인 일일 뿐이지. 그러나 잘못을 저지르고 고치지 않으면 그것이야말로 구제받기 어려운 과오가 되며 일평생 따라다니게 돼."

공자는 잠시 말을 멈추고 말을 골랐다.

"내가 지금 과오라고 말했지만 과오에는 소인의 과오도 있고 군자의 과오도 있단다. 어떤 과오인가에 따라 그 사람에게 인仁의 징후가 있는지를 알 수 있지. 하지만 사람을 말로 구워 삶으려는 마음만은 절대로 갖지 않아야 해. 그러한 일을 허용하면 사람 간의 생활에서 믿음이 없어지기 때문이지. 믿음은 사람과 사람을 맺어 주는 중요한 구실을 하는데…… 비유해 말하자면 마차의 멍에와 같은 거야. 멍에를 제거하면 수레는 말로부터 분리되어 한 발짝도 움직이지 않지. 세상도 그와 같아서 믿음이 없어지면 만사가 허물어지고 만단다. 그러므로 무엇보다도 말로써 남을 속이는 일만은 절대로 삼가야 해."

공자는 이야기를 끝내고 한참 동안 눈을 감고 있었다. 그러다 문득 무슨 생각이 떠올랐는지 눈을 뜨고는 이렇게 말했다.

"그렇지만 재여만이 나쁜 것은 아니구나. 지금은 어디에나 입으로만 살아가려는 사람들뿐이지. 자신의 과실을 허심탄회하게 바라보고 스스로를 진지하게 반성하는 사람은 거의 찾아볼 수 없을 정도야. 그것을 생각하면 세상이 깜깜하다는 생각이 드는구나. 허나 그러한 세상이기 때문에 더욱더 정진할 필요도 있는 거겠지. 좋은 기회야. 너희들도 반성하도록 하려무나. 반드시 어진 사람만이 가르침을 주는 것은 아니니까."

공자는 제자들을 천천히 둘러보고는 이어서 말했다.

"세 사람이 같이 길을 갈 때에도 그 중에는 반드시 나의 스승이 될 사람이 있지. 좋은 점을 골라 따르고, 좋지 못한 점은 거울로 삼아 고치면 돼. 재여도 그러한 의미에서 너희들의 스승이다. 미워해서는 안 돼. 업신여겨도 안 된다. 제각기 스스로를 뒤돌아보며 반성하면 되는 거야."

공자는 이렇게 말을 마치고 조용히 방을 나갔다.

그날 밤, 공자의 방에 재여가 찾아왔다. 공자는 재여와 마주앉아 오랫동안 이야기를 나누었다. 주로 낮에 다른 제자들에게 한 말이었다. 그 밖에 여러 가지 이야기로 재여에게 가르침을 주었다. 그것은 이런 것이었다.

"인간은 정직하지 않으면 살아갈 수 없다. 거짓말을 하며 살아가고 있는 사람도 있겠지만 그것은 요행히 어려움을 면하고 있는 데 지나지 않는다."

혹은 이런 것이기도 했다.

"진정한 군자가 되고자 하는가. 그렇다면 입은 벙어리처럼 다물고 있어도 괜찮으니 몸소 실천을 하라."

"학문은 자신을 위해 하는 것이지 다른 사람을 위해 하는 것이 아니다. 옛 학자들은 이러한 도리를 잘 알고 터득했지만 요즘의 학자들은 남에게 보여 주기 위한 학문을 하려고 하는구나."

재여는 공자가 말하는 이러한 이야기들을 말없이 듣고 있었다. 하지만 아직은 마음은 아직도 껄끄러웠다. 절실한 느낌이 우러나오지 않았다. 그는 여전히 운 나쁘게 낮잠을 자다가 발각되었을 뿐이라는 생각이 들었다. 또 공자의 말을 들으며 그에 따른 곁가지 잡념들이 떨쳐지지 않았다. 가령 공자가 군자가 되려면 입은 다물고 몸소 실천을 하라고 하자 이런 생각이 들었다.

'침묵하고 있으면 사람들이 어떻게 나를 높이 평가해 주겠는가.'

또 공자가 학문은 자신을 위해 하는 것이라고 말하자 다음과 같은 반발심이 들기도 했다.

'학문은 자신을 위한 것이라고 하지만, 세상을 상대로 하지 않으면 무의미한 것 아닌가.'

재여의 이런 마음가짐을 공자가 눈치 채지 못할 리가 없다. 그러나 공자는 이에 대해서는 아무 말도 하지 않았다. 공자는 오늘밤 재여에게 깨우침을 주기 힘들겠다는 생각을 하면서 마지막으로 이렇게 말했다.

"사람의 마음은 간사하여 뜻대로 되지 않으면 평온하고 너그러운 기분이 될 수 없는 게지. 이 상태로 가면 너는 영원히 마음이 안정되지 않을 것이다……. 하지만 오늘밤은 너무 늦었으니 돌아가 쉬어라."

재여는 공자로부터 해방된 기분을 느끼며 일어섰다. 그런데 희한하게도 그의 마음속 깊은 곳에 아직 경험한 적이 없는 이상스레 쓸쓸한 기분이 피어올랐다. 그것이 얼마간이나마 그의 마음을 진지하게 만들었다.

언론이 독실하다고 평하고 있지만, 그 사람이 과연 군자일까?
외모만 장중하게 꾸미는 사람일지도 모른다.

어찌 고이리오

"고에 모가 없으면 어찌 고이리오, 어찌 고이리오."

_옹야편雍也篇

제자 중의 한 사람이 십여 개의 고觚 : 모난 술잔으로 신기神器의 일종를 상자에서 꺼내며 말했다.

"스승님, 사 가지고 왔습니다."

고는 술잔의 일종이다. 공자는 그것을 하나하나 집어 들고 자세히 살펴보다가 이내 아무 말 없이 생각에 잠겼다.

제자는 공자의 말을 기다리며 그대로 서 있었다. 하지만 아무리 기다려도 공자가 말을 하지 않자 절을 하고는 그대로 방을 나가려고 했다. 그때서야 공자가 입을 열었다.

"이게 고란 말이냐?"

제자는 이상하다는 듯 고개를 갸웃하며 공자를 쳐다보았다. 그는 공자가 고를 알고도 그런 말을 한 것이라 생각한 것이다.

"고에는 모茅 : 제사지낼 때 모사그릇에 꽂는 띠나 솔잎의 묶음
가 있을 텐데. 원래 고라는 것은 모라는 의미이거든…….”

제자는 그런 공자가 우습게만 여겨졌다. 요즘 세상에 명칭
따위에 구애되다니. 공자가 말하는 옛날 풍의 고는 지금은 어
느 가게에서도 찾아볼 수 없을 것이라 생각하면서 그는 미소
지으며 대답하였다.

“스승님, 그것이 요즘의 고입니다.”

하지만 공자는 더욱 진지한 표정을 지으며 말하였다.

“이게 요즘의 고라……. 그러나 이건 고가 아냐, 고가 아냐.”

제자는 몹시 당황했다. 그는 열심히 변명하듯이 말하였다.

“하지만 어느 집에서나 지금은 그러한 모양의 고를 사용하
고 있는 걸요. 모가 있는 고는 어느 가게에서도 팔고 있지 않
습니다.”

“팔고 있지 않아? 하지만…… 이것은 고가 아니야. 개탄스
러운 일이군.”

공자는 고개를 가로저었다. 그리고는 눈을 감고 생각에 잠
겼다.

제자는 공자가 이러는 까닭을 알 수 없어 잠시 황당해하다
가 어쩔 수 없다는 듯이 바닥에 놓여 있는 고를 모으기 시작했
다. 그러자 공자가 부드러운 목소리로 말을 하였다.

“고는 그대로 놔두고 그냥 그곳에 앉게.”

제자가 의자에 걸터앉자, 공자가 조용히 이야기를 하기 시작했다.

"어떤 것이든 그 특질이 없어지는 것은 좋지 않은 일이야. 도의 흐트러짐은 그러한 데서 기인하는 거란다."

제자는 그제야 공자가 무엇을 말하고자 하는지를 깨닫고는 자세를 바로잡았다.

"인간에게는 인간의 특질이 있다. 그 특질을 지키는 방법에 인간의 도가 있는 것이야. 특히 중용의 덕은 더할 나위 없이 높고 선한 것이지. 그것을 잊으면 이름은 인간이라도 내면을 상실한 존재라고밖에 할 수 없단다."

공자는 바닥에 놓여 있는 고를 물끄러미 바라보고는 다시 제자에게 말을 하였다.

"바늘과 실이 일치하지 않는 세상이 된 지 이미 오래 되었구나."

제자는 그저 고개를 끄덕일 수밖에 없었다.

"이런, 푸념이 되어 버렸군. 어서 물러가서 쉬어라. 수고했다."

공자는 이렇게 말하고는 자리에서 일어서서 창문으로 걸어갔다. 제자도 따라 일어섰다. 그는 고를 어떻게 처리할까 싶어 잠시 머뭇거렸다. 그리고는 이내 멋쩍은 듯이 공자에게 물었다.

"스승님, 이 고를 가게에 돌려줄까요?"

그러자 공자가 갑자기 소리를 내어 웃으며 제자를 돌아보았다.

"아니, 괜찮다. 고는 술을 따르기 위한 도구잖니. 술을 따를 수만 있다면 모가 있든 없든 상관이겠느냐. 상자에 넣어 저쪽에 치워 두거라."

제자는 공자가 앞서 한 말과 지금 한 말이 이해가 되지 않는 듯, 몇 번이나 고개를 갸웃거렸다. 잠시 후 그는 고를 상자에 담아 치우고는 방을 나섰다.

하늘의 이치에 따라 재물을 모으는 것은 욕심이 아니다.
하지만 아무리 돈에 냉담해도 사사로운 감정에 이끌려
남과 다투면 그것이야말로 욕심인 것이다.

신정의 욕심

공자가 말했다.
"나는 아직 강직한 사람을 보지 못했다."
"신정이 강직합니다."
누군가가 이렇게 대답했다.
"신정은 욕심이 많다. 욕심이 많은데 어찌 강직할 수 있겠는가?"

_공야장편公冶長篇

공자는 믿음직하다고 여겼던 제자들이 일단 벼슬길에 오르면 의연하지 못한 채 권신들과 타협하는 것을 보고 매우 안타깝게 생각했다.

그래서 제자들을 보기만 하면 이렇게 개탄했다.

"강직한 사람이 없구나. 강직한 사람이 없어."

많은 제자들이 공자의 그 말을 의아하게 여겨졌다. 어진 사람이나 지혜로운 사람, 중용의 덕을 갖춘 사람이라면 모르겠지만 단지 강직하기만 한 사람이라면 얼마든지 있다겨 여겼기 때문이다. 그리고 그 으뜸은 누구나 자로를 꼽았다. 게다가 젊은 제자들 중에 신정이라는 활달한 사람도 있었다.

신정申棖은 아직 20대 초반이었지만 덥수룩한 수염에 번쩍이는 큰 눈동자를 지녀 자못 성숙해 보였다. 토론을 할 때에는 우레와 같은 목소리로 상대방을 압도했고, 지기 싫어하는 성격이라서 선배에게도 잘 양보하지 않았다. 때때로 그는 다부진 어깨를 으쓱이며 완력이라도 행사할 듯한 몸짓을 짓곤 한다. 대부분의 제자들이 그와 상대할 때면 난처한 상황에 자주 처했다. 공자조차도 애를 먹을 때가 있었다.

그러나 젊은 제자들은 그와 직접적으로 얽히는 것은 피하면서도, 그의 행동을 통쾌히 여기기는 했다. 그들은 선배들이 공자에게는 지나치게 공손하고 하고 싶은 말도 제대로 못 하는 주제에 자신들에게는 고압적으로 나오는 것이 아니꼬웠던 것이다. 신정은 그런 선배들을 상대로 언제나 할 말을 다했으니, 그들로서는 속에 얹혔던 체증이 내려가는 기분이었다.

뭐, 때로 사리에 닿지 않는 말을 하여 답답하기도 했지만 그들로서는 신정이 자신들의 대변자 노릇을 해 주는 듯하여 자못 유쾌하기까지 했으므로 그런 의미에서 신정은 젊은 제자들 사이에서 상당한 인기를 얻고 있다고 할 수 있겠다. 그리고 누구나 '강직하기로는 신정이 제일이야, 선배인 자로도 미치지 못할 걸?' 이라고 생각하게 되었다.

그러던 어느 날, 그들 중의 몇 명이 공자의 방에서 가르침을 받고 있을 때, 공자가 다시 '강직한 사람이 없다.' 는 이야기를 꺼냈다. 그러자 기다리고 있었다는 듯이 한 제자가 말했다.

"신정은 어떻습니까?"

공자가 의아한 표정으로 그들을 바라보고 있었다. 그리고 혀를 차는 듯이 말했다.

"신정은 욕심이 많아."

제자들은 공자의 말이 이해가 되지 않았다. 왜냐하면 그들이 보기에는 신정은 전혀 욕심 많은 인물이 아니었기 때문이다. 오히려 돈에 지나치게 냉담한 것이 걱정이 되면 되었지 욕심하고는 거리가 먼 인물이었다.

사실 그는 돈을 모으는 데 능숙한 자공에게 반감을 품고 있다. 물론 안회만큼 빈부를 초월한다고는 할 수 없지만, 그래도 공자로부터 욕심이 많다는 말을 들을 정도는 아니었다. 설령 욕심이 많은 것이 사실이라고 해도 강직한 성품에는 틀림없을 터. 그것은 그가 평소 행하고 다니던 것들만 봐도 알 수 있었고, 또 공자조차도 신정의 강직한 성품 때문에 애를 먹고 있지 않은가 말이다.

거기 모인 공자의 제자들은 모두가 그러한 생각을 하고 있었다. 이내 한 제자가 공자의 말에 반박하듯이 말하였다.

"신정이 욕심이 많다는 스승님의 말씀은 좀 지나치신 듯합니다."

공자는 그를 바라보며 지그시 미소를 지었다.

"지나치다고? 하지만 나는 신정이 누구보다도 욕심 많은 사나이라는 것을 알고 있네."

제자들은 어이가 없다는 듯한 표정으로 공자를 쳐다보았다. 공자가 그런 그들을 향해 친절히 말을 이었다.

"욕심은 여러 가지 형태로 나타나지. 재물을 탐내는 것만이 욕심이 아냐. 신정이 지기 싫어하며 아집이 강한 것도 욕심 중의 하나야. 욕심이라는 것은 분별력 없이 남에게 이기려고만 하는 사심을 가리키는 거란다. 하늘의 이치에 따라 재물을 모으는 것은 욕심이 아냐. 하지만 아무리 돈에 냉담해도 사사로운 감정에 이끌려 남과 다투면 그것이야말로 욕심인 것이지. 신정은 욕심이 너무 많아. 욕심이 그렇게 많은 사람을 어찌 강직하다고 할 수 있겠느냐?"

공자의 말을 들은 제자들은 잠시 깊은 생각에 빠졌다.

'욕심이 그러한 것이라면 과연 신정은 욕심이 많은 것이라 할 수 있다. 하지만 왜 그를 강직하다고 할 수 없는 거지?'

모두가 이렇게 생각하는 듯했다. 그래서 의아해하는 얼굴을 감추지 못하고 공자를 지켜보았다.

"어허, 아직도 무슨 말인지 모르겠는가?"

공자는 하는 수 없이 부연 설명을 했다.

"강직하다는 것은 남에게 이기는 것이 아니라 자기에게 이기는 것이란다. 순직하게 하늘의 이치를 따르며 아무리 힘든 역경을 만나도 평온한 마음을 유지해야 하는 일이지."

그제야 제자들은 일제히 고개를 끄덕였다. 그러자 공자의 입가에 웃음이 맺혔다.

"하지만 너희들은 아직 신정으로부터 배워야 해. 신정이 그토록 분발하는 것은 돈이나 권세를 얻기 위해서가 아니라, 하늘의 이치를 터득하기 위한 거니까."

공자의 말에 제자들은 급소를 찔린 듯한 느낌이 들었지만, 멋쩍은 듯 서로가 서로를 바라보며 공자의 방을 나섰다.

아는 것을 안다 하고,
모르는 것을 모른다 하는 것이 참으로 안다는 것이다.

대묘에 들어가 묻다

공자가 말하였다.
"자로야. 아는 것을 안다 하고, 모르는 것을 모른다 하는 것이 참으로 안다는 것이다."

_위정편爲政篇

그 해 노나라에서는 대묘 제례를 올리는 데 일손이 모자랐다. 정확히 말하자면 제례 의식에 가장 밝은 사람이 병이 나서 임시로 그의 일을 대신할 사람이 필요했다.

대묘大廟란 노나라의 주공단周公旦을 모시고 있는 사당을 말한다. 그 제례가 국가적인 행사에서 가장 중요한 제전임은 말할 것도 없다. 의식도 까다롭기 이를 데 없다. 예에 상당히 밝은 사람이 아니라면 심부름조차 하기 어렵다.

하물며 대묘에서 제례를 올려 본 경험이 없는 사람에게 가장 중요한 역할을 맡겨야 하는 지금, 사람을 고르기가 매우 힘든 것은 자명한 일이다. 드디어 여러 사람을 물색하던 끝에 공자가 뽑히게 되었다.

당시 공자는 서른예닐곱 살밖에 안 되었다. 하지만 이미 많은 제자를 두고 있었고 그 학덕이 천하에 모르는 이가 없었다. 특히 예에 대한 그의 조예는 그를 추천한 사람의 말에 의하면 천하 제일이었다. 그런 만큼 그에 대한 기대가 남다를 수밖에 없었다. 하지만 일부 사람들은 나이 어린 그를 불안하게 생각했다. 특히 대묘에서 오랫동안 봉사하고 있던 사람들 사이에는 질투심 어린 평판들이 돌고 있었다.

드디어 제례 준비가 시작되었다. 이는 곧 공자가 처음으로 대묘에 들어가는 날이란 뜻이다. 공자에게 호의를 가진 사람이나 갖지 않은 사람 모두 그에게 시선을 집중시키며 행동 하나하나를 지켜보고 있었다.

공자는 우선 제례에 종사하는 사람들에게 제례에 사용되는 그릇의 이름이나 그 용도를 물어보았다. 그것도 온종일 그것들을 다루는 방식이나 제례를 올릴 경우의 세밀한 절차 등을 묻고 다녔다. 사람들은 그런 공자의 행동에 깜짝 놀랐다.

"사람을 잘못 골랐군. 대여섯 살짜리 어린애를 고용한 것이나 다름없게 되었네그려."

"평판 따위는 믿지 말았어야 하는데……."

"벼슬도 하지 못하는 주제에 제자들만 모아놓고 학자인 척하고 있는 걸 보면 사기꾼인지도 몰라요."

"그래요. 이렇게 오랫동안 봉사하고 있어도 좀처럼 기억하기 어려운데, 그 복잡한 의식 절차를 시골뜨기인 풋내기가 쉽게 익힐 리 없다니까요. 아이고, 그러한 것쯤은 진즉에 종묘에서 알아챘어야 하는데…….”

“상식 밖의 일이네요. 정말 어이가 없어요.”

“상식 밖의 처사에는 책임이 따르죠. 하지만 이번만큼은 우리에게 책임이 없어요. 그러니 어떠한 과실이 따르더라도 안심할 수 있을 겁니다.”

“그러네요. 그나저나 공자의 대담성에 놀랐는데요. 제정신으로 그러는 걸까요?”

“글쎄요…… 당사자에게 물어보지 않는 한 알 수 없는 일이죠. 하지만 신경이 둔한 것만은 틀림없는 것 같군요. 그 쓸데없는 일들을 일일이 물어보면서도 부끄러워하지도 않잖아요.”

“부끄러워하기는커녕 당연하다는 듯한 얼굴을 하고 있던데요?”

“그러게요. 정말 고지식하게 물어봐서 대답을 안 해 줄 수도 없고 정말 난처했다니까요.”

“양쪽 다 꼴 좋게 되었어요. 가르쳐 주면서도 그의 부하로 일을 해야 하다니.”

“나이가 적은 것도 마음에 걸려요.”

“그런데 대체 누가 저런 시골 풋내기를 데리고 와서 예의 대가라며 떠들어 댄 겁니까? 사람을 우롱하는 것도 아니고, 참나…….”

“새삼스레 따져 본들 무슨 소용이 있겠어요. 그보다는 그 예의 대가인지 뭔지가 제례를 올리는 방식이라도 익혀두었다가, 우리도 더 출세할 궁리를 하는 편이 나을지 모릅니다.”

“하긴 그래요. 하하하하…….”

공자가 보이지 않는 곳에서는 어디서나 이와 같이 실망하거나 비웃거나 분개하는 사람들의 말소리가 들렸다. 공자는 그것을 아는지 모르는지 질문을 마치고는 정중하게 인사를 하고 물러났다.

하지만 공자를 추천한 사람은 발등에 불이 떨어진 격이었다. 공자의 역량을 시험해 보기 위해 추천한 것이 아니므로, 그는 대례를 망칠까 안절부절못했다.

‘세상의 평판과 공자의 제자들의 말을 신뢰해서 추천했던 것인데, 이를 어쩌나…….’

그는 그대로 가만 있을 수가 없었다. 그래서 대묘 내의 소문을 전해 듣자마자 즉시 자로에게 달려갔다. 이런 일로 공자를 만나 보기도 애매하고, 또 이러한 경우에 탁 터놓고 말할 수 있는 사람은 공자의 제자들 중에 자로밖에 없다고 판단했기 때문이다.

자로는 이야기를 듣고는 큰소리로 웃었다.

"하하하, 안심하세요. 스승님께 맡기셨으니 결코 폐가 되는 일은 결코 없을 것입니다. 그나저나 스승님도 좀 이상하시군. 그처럼 어린애 같은 짓을 하여 사람들에게 걱정을 끼칠 필요는 없었을 텐데. 어때요, 저랑 스승님을 찾아 뵐까요? 탁 털어 놓고 스승님의 말씀을 들어 봅시다. 그러면 당신도 안심이 되겠죠."

그래서 두 사람은 공자를 찾아 뵈었다.

자로는 공자를 보자마자 궁금해 미치겠다는 듯이 인사도 생략한 채 대놓고 물었다.

"스승님, 저는 스승님의 방식이 아무래도 납득이 되지 않습니다. 이러한 때야말로 스승님의 힘을 보여 주셔야 하질 않겠습니까? 그렇지 않으니까 사람들이 시골뜨기니 풋내기니 하는 거 아닌가요."

"내 힘을 보여 주다니 그게 무슨 말인가?"

기분이 언짢을 법한데, 공자는 안색 하나 변하지 않고 말하였다.

"스승님이 가지고 계신 학문의 힘 말입니다."

"학문이라면, 무슨 학문을 말하는 거지?"

"이번 경우에는 예이겠죠."

"예에 대해서는 오늘만큼 나의 전심전력을 다하여 보여준 적이 없었는데?"

"그러면 스승님께서 오늘 여러 가지를 묻고 다니셨다는 것은 거짓말입니까?"

"거짓말은 아니지. 나는 여러 사람으로부터 모든 것에 관한 가르침을 받은 거야."

"무슨 말씀인지, 통 알 수가 없습니다."

"자로야, 너는 예가 무엇이라고 생각하고 있느냐?"

"그것은 평소 스승님으로부터 배우고 있는 대로……."

"행동거지 등의 예의범절이란 말이지?"

"그렇습니다. 아닌가요?"

"물론 그것도 예이지. 그것이 예법에 맞지 않으면 예가 될 수 없어. 그러나 예의 정신은 무엇이라고 생각하느냐?"

"스승님으로부터 배운 바에 의하면, 공손한 마음가짐에 있습니다."

"그래, 그러면 너는 오늘 내가 그 공손함을 잊고 있었다는 말이냐?"

자로는 갑자기 말문이 막힌 듯했다.

공자가 계속 말을 이었다.

"대묘에 봉사하는 만큼 공손한 마음가짐을 가져야 해. 나는 선배에 대한 존경심을 나타내고 싶었고, 또 종래의 관례에 대해서도 일단 물어보고 싶었단다. 그것을 너까지 문제 삼으리라고는 꿈에도 생각지 못했다."

공자는 잠시 눈을 감았다.

"내게도 반성의 여지가 있을 것 같구나. 원래 예는 공손함으로 시작되어 조화로 끝나지 않으면 안 되는데, 내가 오늘 여러 사람들에게 물어본 결과, 여러 사람의 기분을 언짢게 만들었다면, 내게도 예에 어긋나는 데가 있었는지 모른다. 이에 대해 나도 깊이 생각해 봐야겠구나."

자로의 표정이 더욱 굳어졌다. 아까부터 두 사람의 이야기를 듣고 있던 공자를 추천한 사람은 공자의 말이 끝나자마자 인사도 없이 황망히 그 자리를 물러나고 말았다.

자로와 단 둘이 있게 된 공자는 계속해서 눈을 감고 생각에 잠겼다.

그러다가 문득 생각난 듯이 말하기 시작했다.

"자로야, 너는 무엇보다 검술을 좋아한다고 했었느냐?"

"네, 스승님"

"학문이 무슨 쓸모가 있느냐고 말한 적도 있지?"

"네, 그러합니다."

"하지만 이제는 학문의 중요함을 충분히 알고 있잖느냐."

"네, 그것은 말할 것도 없습니다."

"그런데 너는 아직도 학문을 닦으려는 진정한 마음가짐이 되어 있지 않아."

"무슨 말씀이신가요?"

"오늘만 해도 너는 잘 생각해 보지도 않고 내게 달려오지 않았느냐?"

"죄송합니다, 스승님."

"학문을 닦는 데 중요한 것은 배우는 일과 생각하는 일이야. 배우기만 하고 생각하지 않으면 도리의 중심을 파악할 수 없어. 그런 사람은 언제나 그때그때 되어 가는 대로 하게 되지. 그것은 마치 어두운 방 안에서 방문을 더듬거리거나 기둥을 만지는 행위와 같아서 개개의 상황을 전체 속에 통일하여 볼 수가 없단다. 물론 생각하기만 하고 배우지 않는 것 또한 안 된단다. 자신의 주관에만 얽매여 선인先人의 가르침을 무시하는 것은 눈을 감고 외나무다리를 건너가는 것처럼 위태로운 짓이야. 저쪽 기슭까지 도달하기 전에 언제 물 속에 빠져 버릴지 알 수 없는 노릇이지. 한번은 내가 종일토록 먹지도 않고 밤새도록 자지도 않고 골똘히 생각해 본 적이 있단다. 하지만 아무것도 얻지 못하였지. 그러한 때에 옛 성인이 남긴 말을 접했다면 대뜸 도리를 알 수 있었을 게야. 아무튼 어느 쪽이든 소홀히 해서는 안 돼. 배우면서 생각하고, 생각하면서 배우는 일. 이것이 학문의 요체란다. 그런데 너는 그 어느 쪽도 아직 충분치 않아. 그것은 결국 너에게 공손한 마음이 없기 때문이 아닐까?"

공자의 말은 여기서 끝난 게 아니었다.

"도는 하나다. 공손한 마음만 있으면 사물을 경솔히 판단하는 일도 없을 테고, 알지도 못 하는 일을 아는 척하지도 않을 것이다."

"알지 못하는 일을 아는 척 한 적은 없습니다만……."

자로는 공자의 말을 가만히 듣고 있기가 불편하여, 변명하듯 말했다.

"그래? 스스로 그렇게 믿고 있단 말이냐."

"적어도 오늘의 일에 있어서는 그렇습니다."

"흠, 그렇다면 너는 네 자신이 무엇을 생각하고 무슨 일을 하고 있는지 알지 못 하는 게로구나."

당시 공자는 젊었다. 그렇기에 그의 말에는 신랄한 데가 있었다.

"네가 조금 전에 사람을 데리고 이곳으로 왔을 때는 모든 것을 다 아는 듯한 얼굴이었다. 예에 대해서나 내가 오늘 대묘에서 어떤 마음으로 있었는지에 대해서도 말이야……."

"그것은 저의 오해였습니다."

"오해? 하긴 오해하는 수도 있겠지. 그것이 만일 공손한 마음가짐에서의 오해라면 허용될 수 있어. 하지만 자신을 과시하고픈 마음이 앞서서 생겨난 오해라면, 그것은 오해가 아니라 허위이며, 자기 자신에 대한 불신이야. 생명의 진정한 소망을 스스로 기만하는 짓이지. 그것이 인간을 무지하게 만드는 최대의 원인이야. 너는 아직 이 도리를 파악하지 못하고 있어. 그러므로 남보다 무지를 더 부끄럽게 여기면서도 성장을 하지 못하는 것이지.

공자의 말에는 뼈가 있었다.

"자신이 진정으로 무엇을 아는가, 또 무엇을 알지 못하는가를 경건한 마음으로 충분히 반성함으로써 자신이나 타인을 기만하지 않는 더할 나위 없는 순직한 마음이 되어야만 지知는 향상되는 것이야. 요컨대 지는 타인에게 보이기 위한 것이 아니거든. 그것은 생명을 향상시키는 힘이지. 그리고 진정한 지는 겸손한 사람에게만 주어지는 법이지. 이를 언제까지나 잊지 말기 바란다."

칼날 같은 말을 세우던 공자의 얼굴이 어느새 부드러워졌다. 그리고 고개를 숙이고 있는 자로에게 위로하는 듯한 눈길을 보냈다.

"그것만 기억하고 있으면, 나는 너에게 더 이상 할 말이 없다. 너는 자타가 공인하는 용기를 지녔잖느냐. 그 용기를 이제부터 네 자신의 마음속에 도사리고 있는 적에게 돌리기만 하면 되는 거야. 자기를 낮추는 용기, 공경하는 용기. 어떤가, 얼마나 훈훈한 느낌을 주는 말이냐. 이 말을 되풀이하고 있기만 해도 나는 밝고 힘찬 세계가 펼쳐질 것만 같구나."

자로의 눈썹에 희미하게 빛나는 이슬이 맺혔다. 공자는 자로가 돌아간 후 오랫동안 묵상에 잠겼다.

　이튿날, 대묘에 들어선 공자는 종래의 의식의 그릇된 점을 바로잡고 부족한 부분을 보완하여, 종일 근엄한 모습으로 제례에 종사하는 사람들을 지휘했다.

단 하루 동안이라고는 해도
무도한 사람을 도와주는 것은 선비의 도리가 아니다.

돼지를 선물로 받은 공자

양화가 말했다.
"내 그대와 더불어 이야기하고 싶소. 당신처럼 나라를 잘 다스릴 덕을 지니고 있으면서 나라를 구하지 않고 혼란한 때에도 내버려 두는 것을 인이라 말할 수 있소?"
공자가 답했다.
"인이라고 할 수 없지요."
양화가 다시 말했다.
"그러면, 일을 하고자 하면서 자주 때를 놓치는 것을 지혜롭다 할 수 있겠소?"
"지혜롭다고 할 수 없습니다."
"세월은 나를 기다려 주지 않으니 어서 나를 도와 일을 해 주시오."
공자가 답했다.
"그러지요. 장차 내 나아가 일을 하겠습니다."

_양화편陽貨篇

"뭐라고? 양화가 보내온 선물이라고?"

공자는 탁자 위에 놓여진 커다란 삶은 돼지고기를 바라보며 미간을 찡그렸다. 양화는 노나라의 대부長官 계평자季平子의 신하였으나 계평자가 죽고 계환자가 즉위하자 그를 잡아 가두고 노나라의 국정을 제멋대로 주무르던 인물이었다.

공자는 그때 이미 오십 고개를 넘고 있었는데, 벼슬아치들이 상하를 가릴 것 없이 정도를 벗어나고 있음을 한탄하며 국정에 참여하려던 뜻을 버렸다. 대신 시서예악詩書禮樂의 도리를 깊이 연구, 제자들을 가르치는 일에 전념하고 있었던 것이다.

양화는 공자가 초야에서 도를 설파하고 있다는 사실 자체가 두려운 일이었다. 그래서 그를 자기편으로 끌어들이고 싶었다. 그게 안 된다면 그를 한 번 만나 자신이 얼마나 현자를 우대할 줄 아는 인간인지 보여 주고 싶었다.

그래서 그는 사람을 몇 번이나 공자에게 보내 만남을 요청했다. 하지만 공자는 그의 뜻을 완곡하게 거절했다. 거절당하면 당할수록 양화는 더욱더 불안감을 느꼈다.

그래서 마침내 묘안을 짜내어 일부러 공자가 없을 때에 삶은 돼지고기를 선물로 보낸 것이다. 예법에 따르면 대부가 선비에게 선물을 보냈을 때 선비가 부재 중이어서 직접 사자와 만날 수 없었다면 이튿날 대부의 집을 찾아가 스스로 감사하다는 인사를 해야 한다고 하였다. 양화는 그것을 노린 것이다.

이를 공자가 눈치 채지 못할 리 없었다. 그는 한참 동안이나 삶은 돼지고기를 노려보면서 생각에 잠겼다.

'예에 어긋난 짓을 할 수는 없다. 그러나 단 하루 동안이라고는 해도 무도한 사람의 초대를 받아 그를 도와주는 것 또한 선비의 도리가 아니다. 계책을 써서 끌어들이려는 것이므로

더욱 그렇다.'

 이렇게 생각한 공자는 또다시 골똘히 생각에 잠겼다. 마침내 한 가지 좋은 생각이 떠올랐다. 그것은 상대의 계책을 그대로 이용하는 것이다. 다시 말해 양화가 집에 없을 때를 틈타 감사하다는 말을 전하러 가는 것이다.

 원래 공자는 고지식한 사람이라 그러한 방법이 어울리지 않았다. 공자 자신도 그런 생각이 들었는지 부끄러운 미소를 지었다. 확실히 그 방법은 그의 평소의 신념에 비추어 보면, 좋은 방책이라고 할 수는 없었다. 그것을 깨닫자 부끄러움을 감출 수 없었던 것이다. 그래서 그는 다시 한번 깊이 생각해 보았다. 하지만 그보다 더 좋은 방법은 아무래도 떠오르지 않았다.

 '최고의 방책이 발견되지 않으면, 최선을 택하는 수밖에 없지.'

 공자는 이렇게 결심을 굳혔다.

 이튿날 아침, 공자는 양화의 집에 사람을 보내어 몰래 동정을 살피도록 하였다. 사자의 보고에 따라 그가 양화의 집을 방문한 시각은 정오가 가까워질 무렵이었다. 모든 일이 예측한 대로 진행되었다. 그는 집을 지키고 있는 사람에게 감사의 인사말을 전해 달라 부탁하고 집으로 돌아오는 참이었다. 그런데 어찌 된 셈인지 도중에 양화의 마차와 마주쳐 버린 것이다.

 아무리 마주치기 싫다 한들, 선비가 고관의 마차를 보고 쥐

새끼처럼 달아날 수는 없는 법이다. 공자는 하는 수 없이 양화의 마차를 못 본 척하기로 하고 자신의 마차를 그대로 몰도록 하였다. 하지만 양화가 공자를 발견했다. 그는 재빨리 소리를 질러 공자의 마차를 멈춰 서도록 한 다음, 싱긋이 웃으면서 이렇게 말했다.

"우리 집에 들르셨을 것 같아 급히 돌아오는 참입니다. 늦어 죄송합니다."

공자는 잔재주를 부리는 자에게는 못 당하겠다고 생각하고 그가 말하는 대로 다시 양화의 집으로 갔다. 허나 무슨 일이 있어도 식사 대접만은 받지 않으리라고 결심했다.

공자가 자리에 앉자 양화는 열의에 찬 듯 큰소리로 말하기 시작했다.

"더할 나위 없이 큰 덕을 지니고 있으면서도 나라가 혼란에 빠지는 일을 방관하고 있는 것은 인에 합당한 일일까요?"

공자는 양화가 아직 무슨 말을 하려는지 감을 잡지 못했다. 그래서 진심으로 답하였다.

"그것은 인이라 할 수 없습니다."

공자가 그렇게 대답할 줄 알았다는 듯 양화가 다음 질문을 하였다.

"나라를 위해 일하겠다고 하면서도, 좋은 기회가 와도 뜻을 펴려고 하지 않는 것은 지혜롭다고 할 수 있을까요?"

이 질문에 공자는 다소 이견이 있었으나 그와 이야기를 오래 끌고 싶지 않았다. 그래서 짧게 답했다.

"지혜롭다고 할 수 없습니다."

두 번째 질문 또한 공자가 그렇게 답할 줄 알았다는 듯, 양화는 세 번째 질문을 이어갔다.

"세월은 사람을 기다리지 않습니다. 그런데 당신처럼 큰 덕을 지닌 유능한 분이 언제까지 헛되이 시간을 보내려 하십니까. 이해하기 어렵습니다."

양화는 긴장된 표정으로 공자의 답을 기다렸다. 그러나 공자는 대수롭지 않은 듯 고개를 끄덕이며 이렇게 답했다.

"잘 알았습니다. 저도 되도록 빨리 좋은 군주를 만나 나라에 봉사하고자 합니다."

양화가 더 질문을 하지 않자 그는 곧 일어섰다. 그리고 정중히 양화에게 인사를 하고는 조용히 방을 나왔다. 공자를 위해 준비하고 있었을 점심 식사를, 공자가 돌아간 뒤에 양화가 어떤 표정을 지으며 처리할지는 공자 자신이 알 바가 아니었다.

부모는 살아 계실 때는 예로써 섬기고,
죽어 장사지낼 때는 예로써 모시고, 제사도 예로써 지내야 한다.

효를 묻다

맹의자가 효에 대해 묻자 공자가 답했다.
"어기지 말라."
번지가 수레를 몰 때 공자가 그에게 말하였다.
"맹의자가 나에게 효를 묻기에 내가 어기지 말라고 대답하였다."
이에 번지가 무슨 뜻이냐고 묻자 공자가 말하였다.
"부모가 살아 계실 때는 예로써 섬기고, 죽어 장사 지낼 때도 예로써 모시고, 제사도 예로써 지내야 한다."

_위정편爲政篇

환공의 핏줄을 이어받은 노나라의 삼대부 '계손'·'숙손'·'맹손' 세 사람을 세상 사람들은 삼환三桓이라 일컬었다. 삼환은 대대로 대부 자리를 이어받았으며, 공자의 시대에는 서로 결탁하여 재물을 모으고 군주를 무시하거나 몰아낼 만큼 제멋대로 무도한 짓을 자행하여 백성들의 원망을 샀다.

한때 공자는 정공定公의 신임을 받아 재상의 직무를 맡은 적이 있었다. 그때 공자는 삼환의 세력을 약화시키려고 노력하여 숙손과 맹손 두 사람을 몰아내는 데 성공하였다. 하지만 마지막으로 계손을 몰아내려던 계획은 수포로 돌아가고 말았다.

설상가상으로 이때 정공이 제齊나라의 유혹에 빠져 계손과 더불어 향락을 탐닉하니 공자를 멀리하게 되었고 그 결과 공자는 노나라에서 정치적 포부를 펼쳐 보려던 뜻을 버리고 관직에서 물러나 방랑의 길에 나서게 된 것이다.

　이 이야기는 공자가 아직 관직에 오른 지 얼마 되지 않았을 무렵의 일이다. 어느 날 맹의자孟懿子, 노나라의 대부가 공자를 방문하여 효에 대하여 물었다.
　맹의자의 아버지는 훌륭한 인물이었는데, 임종 때 맹의자를 머리맡에 불러 그 무렵 아직 청년에 지나지 않았던 공자의 인품을 찬양하며 자신이 죽은 후에는 반드시 공자에게 배우라는 유언을 남겼던 것이다.
　그 후 맹의자는 아버지의 유언에 따라 동생인 남궁경숙과 함께 공자로부터 예를 배워 왔다. 하지만 아버지의 유언이라서 따를 뿐 그의 학문하는 태도에는 조금도 진중한 데가 없었다. 그가 효에 대하여 공자에게 물어본 이유도 실은 아버지에 대한 정이 깊어서였다기보다 아버지의 제사를 크게 치러 자신의 효심을 과시하려는 속셈에서 나온 것이다.
　맹손 씨 집안에 제사가 다가오고 있고, 또 그 제사가 어떤 규모로 치러질 것인지 풍문으로 조금씩 전해 듣고 있던 공자는 맹의자의 효에 대한 질문의 저의를 아주 간단히 간파해 버렸다. 그래서 그는 아주 간단히 답했다.

"어기지 않도록 하시면 될 것입니다."

맹의자는 공자가 말한 답의 의미를 알고 그런 것인지, 모르고 그런 것인지, 아니면 알고도 모르는 척하는 것인지 거듭 물어보지 않고 돌아가 버렸다. 공자는 그 점이 약간 마음에 걸렸다.

'만일 맹손씨가 집안 제사를 나라의 제사보다 장엄하게 치러 군주를 욕되게 하면 그것은 맹손씨 집안의 문제일 뿐만 아니라 노나라의 문제이고, 나아가서는 천하의 도의를 흐트러뜨리는 결과를 가져올 것이다. 그때 만일 나와 효에 대해 이야기를 나눴다는 소문이라도 돌면, 내가 펼쳐 나가려는 정치의 기본정신을 손상시키게 되는 것이다. 이왕 이렇게 된 거 내가 한 말의 의미를 분명히 해 두어야겠구나. 그러나 제사에 대한 질문도 받지 않았는데 먼저 말을 꺼내는 것도 예에 어긋날 터. 무슨 좋은 방법이 없을까?'

공자는 이런 생각을 거듭하며 기회가 오기를 기다리고 있었다.

그러던 어느 날 번지樊遲, 공자의 제자가 공자의 마차를 몰게 되었다. 번지는 공자의 젊은 제자 중 한 사람이다. 그는 무예에 뛰어나 맹손씨의 사랑을 받고 있었기 때문에 그의 집에 자주 드나들었다. 공자는 번지 정도라면 자신의 의지를 분명히 전달해 주리라 생각했다.

"생각지도 못했는데 지난번에 맹손씨가 찾아와 효에 대하여 묻더구나."

공자는 마부 자리에 앉아 있는 번지에게 말을 걸었다.

"그래서 나는 어기지 않도록 하시면 될 것이라 대답해 주었지."

"……."

번지는 공자가 왜 이런 말을 꺼내는지 무슨 영문인지 알 수가 없었다.

'스승님이 나에게 왜 이런 말을 꺼내는 거지? 게다가 어기지 않도록 하면 된다니, 그것은 어버이의 명령에 거역하지 않는다는 의미로도 해석되는 바, 맹의자에게는 어버이가 돌아가시고 없잖은가.'

번지는 이렇게 생각하면서 말고삐를 바투 매었다.

"어떻게 생각하느냐, 너는?"

공자가 대답을 재촉했다. 하지만 번지는 아무 할 말이 없어 그저 꿀 먹은 벙어리처럼 가만히 있을 수밖에 없었.

그는 제자들이 효에 대하여 물었을 때 지금까지 공자가 어떤 가르침을 주었는지 기억 속을 더듬어 갔다. 우선 생각나는 것이 맹의자의 아들인 맹무백孟武伯의 물음에 대한 대답이었다. 그때 공자는 이렇게 말했다.

"부모는 자식의 질병을 무엇보다도 걱정한다."

거의 언제나 병을 앓고 있는 맹무백에 대한 답으로는 당연한 이야기였다.

자유子游가 물었을 때는 이렇게 답했다.

"지금은 어버이를 부양하고 있으면 그것을 효행이라 여기는 듯하다. 하지만 개나 말도 집에서 기르고 있지 않느냐. 효행을 하는 데는 공경하는 마음이 중요하다. 그것이 없으면 개나 말을 기르는 것과 다를 게 없다."

그것도 그다지 어려운 이야기가 아니었다. 자유의 언행에 약간의 무례함이 있었음을 생각해 보면 공자의 마음을 잘 알 수 있다.

자하의 물음에는 어떤 답을 했던가. 그때 공자는 이렇게 말했다.

"어려운 것은 언제나 즐거운 낯으로 부모를 섬기는 일이다. 어버이 대신 힘든 일을 하고 술이나 음식이 있으면 어버이에게 드리는 것만 가지고는 효행이라 할 수 없다."

이것도 자유에 대한 대답과 대동소이한 것이다. 화를 잘 내는 편인 자하에 대한 답으로써는 당연한 말씀이었다.

번지는 여기까지 기억을 더듬어 보고 '한 번 더 어기지 않는다'는 말의 의미를 곰곰이 생각해 보았다. 여전히 알 수가 없었다. 그래서 그는 효에 관한 공자의 모든 가르침을 머리에 계속해서 떠올려 보았다.

"부모의 연세를 잊어버려서는 안 된다. 첫째로 오래 사시는 것을 기뻐하기 위해서이다. 둘째로 남은 수명이 얼마 되지 않음을 두려워하여 효행에 힘쓰기 위해서이다."

"부모가 살아 계시면 그 곁을 떠나 멀리 가지 않도록 해야 하고 부득이 가야 할 때에는 반드시 행선지를 알려야 한다."

"민자건은 정말 효성스럽다. 부모 형제들이 그를 아무리 칭찬해도 아무도 이를 의심하지 않는구나."

"아버지가 살아 계시면 아들의 인품이 아버지의 뜻에 의해 판단되고, 아버지가 돌아가시면 자신의 행동에 의해 판단된다. 왜냐하면 전자는 아들의 행동이 아버지의 절제節制에 따라야 하고, 후자는 자신의 자유에 따르기 때문이다. 그러나 후자의 경우에도 아버지의 방식이나 관례를 함부로 고쳐서는 안 된다. 아버지에 대한 정이 깊으면 고치기 어려운 것이다. 삼년 동안을 아버지의 방식이나 관례를 고치지 않고 일념으로 상을 입어야만 비로소 진정한 효자라 할 수 있다."

번지의 머리에 이러한 말들이 잇따라 떠올랐다. 그러나 번지는 자신이 실행할 수 있느냐 없느냐의 문제를 빼고는, 말의 의미만큼은 그다지 어렵지 않다고 생각했다.

'어기지 않는다고? 어기지 않는다……. 그게 무슨 뜻이지?'

그는 자꾸만 고개를 갸웃거렸다. 그러자 문득 이런 말이 생각났다.

"부모를 섬김에 있어 나쁜 점을 묵과하는 일은 자식의 도리가 아니다. 부드럽게 말씀드려야 한다. 만일 부모가 듣지 않으면 더욱 정성껏 모시고 기회를 보아 말씀드려 어기는 일이 없도록 해야 한다. 이때 아무리 괴로워도 부모를 원망해서는 안 된다."

번지는 기뻤다. 공자의 이 말에서 '어기지 않는다'는 말이 나왔기 때문이다. 그러나 잠시 후 그의 머리는 도리어 혼란스러워지기 시작했다. 왜냐하면 조금 전에 공자가 말한 '어기지 않는다'와 이 말에서의 '어기지 않는다'가 전혀 다른 의미처럼 생각되었기 때문이었다. 뒤의 말에서 '어기지 않는다'는 뜻은 부모가 살아 계실 때의 이야기이다. 앞뒤 문맥을 살펴보면 처음의 뜻을 관철하라는 의미로 해석된다. 그러나 부모가 사망한 후의 '어기지 않도록 하라'는 말은 같은 뜻으로 생각되지 않았다. 말이 같았기 때문에 그는 더욱 판단하기가 어려웠다.

"꽤 골똘히 생각하고 있구나."

공자가 다시 한번 번지의 답을 재촉했다. 번지는 조금 더 생각해 보았지만 결국 포기하고 말았다.

"스승님, 아무리 생각해 보아도 저로서는 알 수가 없습니다."

"네가 알 수 없으면 맹손은 더욱 알 수 없을 테지. 말이 너무 간단했던 것 같아."

"대체 어떤 의미입니까?"

"나는 예를 어기지 말아달라는 뜻으로 한 말이었다."

"아, 그렇군요!"

번지는 의외로 평범하다는 느낌이 들었다.

'그러한 의미라면 그처럼 깊이 생각해 보지 않아도 될 것을……'

공자가 계속해서 말을 했다.

"다시 말해 부모가 살아 계실 때에는 예로써 섬기고, 돌아가신 뒤 장례를 치를 때에도 예로써 모시며, 제사도 예로써 지내야 한다. 그것이 효의 길이다."

"그러나 그러한 의미라면 스승님이 말씀해 주시지 않아도 맹의자는 알고 계실 것입니다. 이미 오랫동안 예에 대하여 배워오셨으니까요."

"글쎄, 나는 그렇게 믿어지지 않는구나."

"그러나 곧 거행될 제사는 정중히 치르리라는 소문이 돌았습니다."

"너도 그 소문을 들었느냐?"

"네, 자세히는 모르겠지만 이전과는 비교도 안 될 만큼 성대히 치를 거라고 합니다."

"이전과 마찬가지로 하면 안 되는 걸까?"

"안 될 것도 없겠지만 정중하고도 성대하게 치르는 것이 아들로서의……."

"번지야!"

공자의 목소리가 높아졌다.

"너도 아직 예의 마음을 제대로 알지 못하는 것 같구나."

번지는 자기도 모르게 마부의 자리에서 고개를 돌려, 공자의 얼굴을 슬쩍 뒤돌아보았다. 혹여 자신에게 노여워하는 것이 아닌가 싶어서였다. 공자의 표정은 변함이 없었다. 그러나 그 목소리는 더욱 힘차게 울려 나왔다.

"예는 너무 간결해도 안 되지만 지나치게 성대해도 안 되는 거란다. 지나침은 모자라는 것과 같은 거야. 인간에게는 제각기 분수라는 게 있는데, 그 분수를 지키는 데서 예는 이루어진다. 분에 넘치게 어버이의 제사를 성대히 치르는 것은 어버이의 영혼으로 하여금 무례를 감수하도록 하는 일이다. 뿐만 아니라 대부의 무례는 천하의 질서를 흐트러뜨리는 원인이 된다. 어버이의 영혼으로 하여금 천하의 질서를 흐트러뜨리는 무례를 감수하도록 하는 일이 어찌 효행이라 할 수 있겠느냐?"

번지는 더 이상 뒤돌아볼 용기가 나지 않았다. 그는 앞만 똑바로 보면서 돌처럼 굳은 채 말고삐를 쥐고 있었다.

번지는 공자를 집으로 모셔다 드리고는 곧바로 맹의자의 집을 방문했다. 만일 맹의자가 권세를 과시하기 위해서가 아니라 진정으로 어버이의 영혼에 봉사하려는 마음으로 제사를 준비하고 있다면, 번지의 이번 방문이 그에게 있어 매우 중요한 의의를 갖게 되었을 것이다. 그러나 이에 관한 기록은 하나도 남아 있지 않다.

시나 음악은 궁극적으로는 무사無邪라는 한 마디로 귀착된다.
무사하기만 하면 서툰 사람은 서툰 대로 진실한 시를 지을 수 있고
진실한 음악을 연주할 수 있다.

악장과 공자의 눈

공자가 노나라 악장에게 말하였다.
"음악은 잘 알 수 있다. 연주를 시작할 때 잘 맞고, 이어서 잘 조화되고, 그러면서도 각 음이 뚜렷하고, 끝까지 부드럽게 이어져 나감으로써 완성되는 것이다."

_팔일편八佾篇

노나라의 악장樂長이 주악을 마치고 식장에서 나와 방으로 돌아왔다. 그는 약간 화가 난 듯 제복을 벗어 던지며 의자에 기대어 앉았다.

악장은 마음을 가라앉히려고 창백한 얼굴에 억지로 미소를 지어 보기도 하고 두 발을 탁자 위로 들어 올리며 편안한 자세를 취해 봤지만, 그것만으로는 마음이 안정되지 않았다.

'이로써 벌써 세 번째 주악奏樂을 망쳤군.'

이러한 생각에 이르자 심장에 피가 한 방울도 흐르지 않은 것처럼 차가워졌다.

공자가 사공司空의 직책을 맡아 그의 윗자리에 앉게 된 이후부터, 악장은 이상하게도 비참한 실수를 되풀이하였다. 공자는 이전의 사공들과는 달리 좀처럼 화를 내지도 않고 부하를 매우 아끼는 데도, 어찌 된 일인지 주악을 할 때마다 악장의 손은 굳어져 버렸다. 물론 공자는 음악에 조예가 깊은 사람이므로 가볍게 볼 수만은 없었다. 하지만 그렇다고 해서 그의 손이 굳어지는 것이라고는 이해할 수 없었다.

'공자는 음악의 이론에는 밝을 것이나 악기를 다루는 기술에 있어서는 내가 전문가 아닌가.'

악장은 이렇게 자신하고 있었다. 그렇다면 이렇게 빈번히 실수하는 이유는 무엇 때문이란 말인가. 악장은 화가 나기도 하고 부끄럽기도 했다. 그러나 사실은 없앨 수는 없었다.

그는 탁자 위에서 두 손으로 머리를 움켜쥐었다. 자신의 칠칠치 못함이 견딜 수 없었다. 그러한 감정은 곧 공자에 대한 원망으로 변해갔다. 그는 그것을 깨닫고는 깜짝 놀라 고개를 들었다. 이 혐오스러운 감정을 떨쳐 버리려는 듯 두 손을 휘저었다.

그 순간 그는 어떤 빛이 자신의 눈 앞을 지나가는 느낌을 받았다. 공자의 눈빛이었다. 호수처럼 조용하면서도 희미한 미소를 머금은 공자의 눈. 문득 그는 무엇이 생각난 듯이 벌떡 일어섰다.

'그래, 맞아. 그 눈이다!'

그는 마음속으로 외쳤다.

'그 눈과 마주치면 목이나 손이 갑자기 굳어지는 듯한 느낌이 든단 말이야. 오늘도 확실히 그랬어. 내 손이 제대로 말을 듣지 않게 된 것은 공자와 눈이 마주친 이후부터야.'

그는 방 안을 왔다 갔다 하며 깊은 생각에 잠겼다. 그러고 나니까 차츰 자신이 뭔가 잘못 생각했다는 느낌이 들었다.

'그런 일은 있을 수 없어. 공자의 눈이 내 음악을 좌우하다니 말이야.'

그는 나쁜 운을 쫓아내려는 듯 창 밖으로 침을 탁 뱉고는 하늘을 쳐다보았다. 거기에 공자의 눈이 있었다. 여전히 미소를 머금은 사려 깊은 눈이다.

'또 그 눈이다.'

공자의 눈은 금세 사라졌지만 그는 허망하게 아무것도 없는 푸른 하늘을 계속해서 올려다보았다.

"사공께서 부르십니다."

어느 틈에 들어왔을까. 심부름꾼이 등 뒤에서 그를 불렀다. 그는 대답 대신 탁자 옆으로 걸어가 의복을 입기 시작하였다. 공자의 방에 들어갈 때까지 그는 거의 정신없이 움직였다.

그는 천천히 공자가 있는 방으로 들어갔다. 방 안은 조용했고 어두운 한쪽 구석에 공자가 단아하게 앉아 있었다. 그제야 악장은 제정신으로 돌아왔다. 공자가 그를 부른 이유도 그때서야 분명히 의식되었다.

분명 그는 허둥대거나 두려워하고 있지는 않았다. 숙연한 분위기에 오히려 안도감이 느껴지기도 했다.

'역시 저 눈이다.'

그러나 이런 생각이 되풀이되는 것은 어쩔 수 없었다.

공자는 악장을 자리에 편히 앉으라 하고는 자신 또한 앉은 자세를 풀며 말하였다.

"어떤가, 반성해 보았나?"

악장은 공자가 오늘의 실수에 대해서는 한 마디도 묻지 않고 이렇게 곧장 묻자 도리어 답하기가 어려워졌다.

"기량이 있고 열심히 노력하고 있는 데도 세 번이나 연속해서 실수하는 것을 보면, 뭔가 근본적인 결함이 자네의 마음속에 있는 것이네. 스스로 집히는 점이 없는가?"

"부끄럽습니다만, 정말 없습니다."

"생각을 깊이 해 보았나?"

"여러 차례 실수를 하여, 저로서도 생각해 보지 않을 수 없었습니다."

"분명히 알 수는 없어도, 뭔가 집히는 것은 있겠지?"

"네, 있습니다. 그러나 좀 허황된 생각 같아서 말씀드리기가……."

"말해 보게. 의외로 허황된 일이 아닐지도 몰라."

"하지만……."

"말할 수 없는 모양이군. 하지만 나는 알고 있네."

"네?"

"솔직히 말해 볼까? 자네에게는 아직 사심邪心이 있는 듯해."

악장은 사심이라는 말을 듣고 깜짝 놀랐다.

'조금 전에 스승을 원망하는 마음이 싹텄던 것을 알고 있는 것인가?'

공자는 그의 생각은 아랑곳하지 않고 말을 이었다.

"시나 음악도 궁극적으로는 무사無邪라는 한 마디로 귀착되지. 무사하기만 하면 서툰 사람은 서툰 대로 진실한 시를 지을 수 있고 진실한 음악을 연주할 수 있는 게야. 이 자명한 이치를 자네는 아직 체득하지 못하고 있어. 기량은 훌륭하지만 유감스러운 일이야."

악장은 잠자코 있을 수가 없었다.

"스승님, 사실 오늘의 실수 때문에 스승님을 원망하고픈 느낌도 들었습니다. 정말 부끄러운 일이라고 생각합니다. 그러나 주악을 할 때 제게 사심이 있었다고는 생각되지 않습니다. 저는 이번만은 실수하지 않으려고 그야말로 온 정신을 집중시키고 있었습니다."

"그래? 그런데 왜 실수를 하게 된 거지?"

"그게 참으로 알 수 없는 묘한 일이라……."

"……."

"스승님과 눈이 마주치면, 이상하게 손이 굳어 버리는 현상이 일어납니다."

"음, 그러면 내 눈에 무슨 사악한 빛이라도 떠도는 모양이구나."

"천만에요. 스승님의 눈은 언제나 호수처럼 맑은 걸요."

"정말 그렇게 생각하느냐?"

"아첨하기 위해 하는 말이 아닙니다."

"아첨하는 말이 아니라면, 자네의 눈이 나쁘다는 말이 되는데……."

악장은 자신의 눈이 나쁘다고는 생각되지 않았다. 그래서 이렇게 답하였다.

"그렇게 말씀하시면, 마치 제게 어떤 사심이 있는 듯합니다만……."

"악장!"

공자가 자세를 가다듬으며 그를 불렀다.

"더 결연한 태도로 자신의 마음을 파고들어가 보거라."

공자가 자신을 가만히 응시하자 악장은 자기도 모르게 돌처럼 굳어졌다. 공자가 계속해서 말을 했다.

"너는 주악을 할 때가 되면 언제나 내 안색을 엿보지 않고는 못 견디는 게 아니더냐."

그렇게 지적을 받고 보니 그런 것도 같다고 악장은 생각하였다. 하지만 그렇다고 해서 그것이 자신에게 사심이 있다는 증거라고는 생각되지 않았다.

공자는 다시 부드러운 목소리로 말하였다.

"그것이 바로 자네의 사심이라는 것이야. 자네의 마음속에는 공자라는 인간이 언제나 대립적인 것이 되어 있어. 분명하게 의식하고 있지는 않겠지만 자네의 주악에 있어 나의 존재는 하나의 커다란 장애란 말이네. 자네의 마음은 그 때문에 혼란스러워하고 있다. 그래서 자네는 음악 속에 완벽하게 잠길 수가 없고 실수를 하는 게야. 그렇게 생각되지 않나?"

악장은 마침내 고개를 끄덕였다. 공자는 잠시 말을 멈췄다가 그런 악장을 보면서 다시 말을 계속하였다.

"음악의 세계는 하나로 연결되어 있어. 거기에서는 어떠한 대립도 허용되지 않아. 우선 한 사람 한 사람의 악사의 마음과 손, 그리고 악기가 일치되어야 하고, 악사와 악사가 일치되어야 하고, 또 악사와 청중이 일치되어 하나의 조화를 이루어 내지. 이것이 미발未發의 음악이야. 이 일관된 하나의 세계가 스스로 진동하기 시작하면, 순수한 음파가 사람들의 귀를 울리는 거란다. 그 소리는 단 하나야. 단 하나지만 그 속에는 쇳소리도 있고 돌 소리도 있어. 하지만 그것들은 엄연히 독자적인 음색을 유지하며, 결코 서로를 침범하는 일이 없어. 독자성을 지키면서도 단 하나의 흐름에 합치되는 거야."

음악의 세계에 대한 공자의 지론은 계속되었다.

"이리하여 시간이 경과함에 따라 고저·강약·완급 등의 온갖 변화를 보이며, 추호의 틈도 없이 계속되어 가는 것이네. 거기에 시간적인 일관된 하나의 세계가 있으며, 거기서 영원과 순간의 일치를 발견할 수 있는 것이지. 음악이란 바로 그런 거야. 듣거나 들려 주는 데 그치는 세계가 아니야. 자신의 기량과 타인의 기량을 비교하거나 음악을 알고 있는 사람과 알지 못하는 사람을 차별하는 따위의 세계와는 거리가 먼 세계란다."

악장은 구름을 사이에 두고 해를 우러러보는 듯한 느낌을 받았다. 공자의 마지막 말을 들었을 때는 가슴마저 아파 왔다. 공자로부터 사심이 있다는 말을 들어도 할 말이 없다는 생각도 들었다.

"스승님의 말씀에 감명을 받았습니다. 앞으로는 기량을 닦는 동시에 마음을 다스리는 일에 더욱 정진하고자 합니다."

그는 진심으로 이렇게 말하고 공자의 방을 나섰다. 그러나 공자는 그의 발걸음 소리가 사라져 가는 것을 들으면서 생각하였다.

'악장은 음악이 손이나 목으로부터 나오는 것이 아니라 마음으로부터 나온다는 점만큼은 깨달은 듯하군. 나의 음악론이 그대로 인생론이기도 하다는 점은 아직 깨닫지 못한 듯해. 궁극의 목표를 음악의 기술에 두고 있는 그로서는 부득이한 일일 테지. 그러나 서두를 이유는 없어. 언젠가는 그 역시 인생을 위한 음악에 눈 뜨게 될 것이야. 그는 원래 진지한 인간이니까. 이제부터는 그의 음악도 발전되어 갈 것이야.'

공자는 악장의 실수로 인해 주악을 망쳤음에도 불구하고, 그 여느 때보다 흐뭇한 표정으로 퇴청하였다.

남을 대할 때 말재간을 부리면 미움을 받는다.

얼룩소

공자가 중궁에게 말하였다.
"얼룩소가 털이 붉고 뿔이 바르면 사람들이 제물로 쓰지 않으려고
해도 산천의 신이 내버려 두겠는가?"

_옹야편雍也篇

"임금이 될 만한 인물은 중궁이다. 남면하여 천하를 다스릴
수 있을 것이다."

공자는 중궁仲弓, 옹雍, 공자의 제자에게 이렇게 최고의 찬사
를 아끼지 않았다. 남면南面, 신하는 북쪽을 바라보고 군왕은
남쪽을 바라본다. 그러므로 남쪽을 바라본다는 것은 왕이 된
다는 뜻이다.

중궁은 도량이 넓고 어질며 사소한 일에 얽매이지 않았고,
덕행이 뛰어난 제자 중 한 사람이라 이러한 찬사가 틀린 말은
아니었다. 하지만 다른 제자들은 칭찬이 지나치다는 느낌을
갖고 있었다.

중궁 자신도 이런 칭찬이 꺼려졌다. 중궁은 공자가 이전에

한 말을 생각해 냈다.

"이치에 맞는 충고를 정면으로 반대할 사람은 없다. 중요한 것은 잘못을 고치는 일이다. 좋은 말은 누구의 귀에나 좋게 들린다. 그러나 중요한 것은 그 말의 참뜻을 찾는 일이다. 기분이 좋아져 참뜻을 찾지 않고, 과오를 고치지 않는다면, 나조차도 어찌할 도리가 없다."

'어쩌면 스승님은 임금이 될 만한 인물이라고 칭찬하면서 실은 내가 알지 못하는 결점을 완곡하게 풍자하는 게 아닐까? 생각해 보니 사람들은 나와 자상백자를 비슷하다고 평하고 있다. 사소한 일에 얽매이지 않는 좋은 점을 자상백자는 가졌지만 너무 대범해 보이는 흠이 있다. 나에게도 그런 결점이 있는 걸까?'

중궁은 칭찬받았기에 도리어 불안해졌다.

그렇다고 공자에게 "우회적으로 말하지 말고, 진실을 이야기해 주십시오."라고 말하기도 어려웠다. 공자가 풍자를 할 생각이 아니었다면, 그 말은 예의에 벗어나기 때문이다.

그래서 중궁은 자상백자에 대한 공자의 감상을 물어보았다. 만일 공자가 풍자를 할 생각이었다면 자상백자에 관한 이야기가 결국 자신의 이야기로 연결되리라 생각한 것이다. 그런데 공자의 대답은 너무 담백했다.

"자상백자도 좋은 인물이지. 대범하고······."

공자의 답변에는 자상백자와 중궁을 결부시켜 이야기하려는 기미조차 찾아볼 수 없었다. 중궁은 질문이 잘못되었음을 알았다. 그래서 질문을 바꾸었다.

"대범함도 여러 길이 있지 않겠습니까?"

"음, 그럼 너는 무엇을 생각하느냐?"

"평소에는 신중하고 경건한 마음으로 모든 일을 처리하고 일을 만들어 갈 때는 대범해야 한다고 생각합니다. 그것이 백성을 다스리는 길이 아닐까요? 평소에도 대범하고 일할 때에도 대범하면 자칫 만사가 방만할 수 있다 생각합니다."

공자는 그 말에 그저 고개만 끄덕였다. 중궁은 아쉬웠지만 그대로 물러나야 했다.

그런데 공자는 다른 제자들에게 중궁의 말을 전하며 그를 칭찬하였다.

"역시 임금이 될 만한 인물이야."

중궁은 그 말을 전해 듣고 감격했다. 그리고 자신이 공자에게 한 말을 배반하지 않도록 자기 자신을 엄숙하게 성찰하려고 노력했다. 그는 공자에게 인의 뜻을 물어본 적이 있었는데 공자는 이렇게 대답했었다.

"문 밖으로 나아가면 귀한 손님이 눈 앞에 있는 듯 지내야 하며, 백성에게 일을 명할 때는 종묘의 제사를 모시듯 신중히 하고, 자신이 원치 않는 것을 남에게도 시키지 마라. 이리 하면 집에 있을 때나 나라에 봉사할 때도 원망을 사는 일은 없을 것이다."

이 말이 '경경(敬)'과 '서(恕)'의 두 가지 덕을 가르쳐 준 것으로 해석한 중궁은 '가르침을 꼭 지켜 나가겠습니다.'라고 맹세했었다. 그때의 맹세를 중궁은 지금도 결코 잊지 않고 있었다. 칭찬받을수록 더 학문에 힘쓰며 언제나 마음을 긴장시켰다.

그러나 그에게 불행한 일이 있었다. 바로 그의 아버지가 신분이 비천할 뿐 아니라 품행 또한 단정치 못했다. 그 때문에 공자로부터 칭찬받는 그를 좋게 생각하지 않는 제자들도 있었다.

한 제자가 공자에게 말하였다.

"중궁이 인자의 한 사람으로 꼽히지만, 유감스럽게도 구변이 없습니다."

공자는 그 말에 표정이 엄해졌다.

"구변 따위는 아무러면 어떤가?"

제자는 공자의 말에 당황했지만, 곧 넉살 좋게 다시 말했다.

"그의 말투로는 제후와 이야기해 설득할 수 없을 테니 유감스러운 일입니다."

제자는 유감이라는 말을 특히 강조했다. 그 말은 분별 있는 제자들조차 관심을 갖게 할 만큼 힘이 있었다. 많은 제자들이 공자의 대답을 궁금해할 정도였다. 공자는 눈을 날카롭게 빛내며 말하였다.

"구변이 좋은 사람은 그 재주를 믿고 대게 쓸데없는 소리를 하기 쉽다. 생각 없이 이것저것 떠들고 있는 사이에 사람들의 미움을 사게 된다. 나는 중궁이 인자인지는 잘 모르겠다. 하지만 중궁은 함부로 말하지 않는다. 그리고 구변이 좋지 않아도 중궁은 만족해한다. 성실한 사람에게는 구변 같은 재주는 큰 것이 아니다."

그러나 중궁에 대한 험담과 질투는 끊이지 않았다. 중궁에 대해 할 말이 없으면 신분이나 아버지의 품행에 관한 이야기가 흘러나왔다.

공자가 중궁을 특히 칭찬한 것은 그 인물이 뛰어나서기도 했지만 제자들이 신분이나 아버지보다 그의 진가를 알아주었으면 해서였다. 그런데 결과는 그 반대쪽이 되어 버렸다. 공자가 그를 칭찬할수록 중궁의 비천한 신분이나 아버지의 품행이 험담거리가 된 것이다.

공자는 우울해졌다. 소인이 얼마나 다루기 힘든 존재인지 공자는 잘 알고 있었다. 그들은 친밀하게 대해 주면 기어오르려 하고, 멀리하면 원망한다. 그리고 중궁을 칭찬함으로써 소인의 마음이 질투심에 의해 얼마나 침식되는지 알게 되었다.

'소인이 질투심을 일으키거나 기어오르거나 원망하는 것은 결국 자기만 좋게 보여지고 자신만 사랑받고 싶기 때문이다. 악의 근원은 무엇보다 자신을 너무 사랑하는 데 있다. 이 근본

적인 악에 눈 뜨도록 해 주지 않는 한, 그들은 수렁에서 헤어나기 어렵다.'

공자는 중궁과 관계없이 그러한 점에 힘을 기울여 제자들을 교육해 왔다. 애써 '이(利)'에 대해 말하기를 피했고, 그것을 말할 수밖에 없을 때에도 천명(운명)이나 인과 결부시켜 이야기해 왔다. 또한 기회가 있을 때마다 독선과 아집에 빠지지 않도록 다음과 같이 타일렀다.

"자기의 의견만을 내세워 무리한 짓을 하거나 어떤 일을 금지하는 것은 군자의 길이 아니다. 군자는 오직 정의에 따라 행동해야 한다."

공자 자신도 제멋대로 억측하거나, 무언가에 집착하는 것을 버리려 노력했고, 고루함을 멀리하고, 타인과 대립에 빠지지 않도록 세심하게 노력했다. 안타깝게도 이런 노력과 마음가짐은 유치한 제자들에게는 아무런 효과가 없었다. 천명이 무엇인지 인이 무엇인지 제자들은 전혀 깨닫지 못했다. 다만 중궁에 대해 조금이라도 트집 잡을 수만 있으면 그것으로 만족할 뿐이었다. 이런 종류의 제자들에게는 공자도 어찌할 수 없어서 몇 번이고 절망한 적도 있었다.

골똘히 생각한 끝에 공자는 한 가지 묘안을 생각해 냈다. 그리고 중궁을 트집 잡는 대여섯 명의 제자를 데리고 교외로 산책을 나갔다. 제자들은 공자를 수행하게 되어 득의양양하게 즐거운 표정이었다.

교외의 들에서는 농부들이 땅을 경작하고 있었다. 땅을 경작할 때 쓰이는 소는 거의 모두 얼룩소들이었다. 얼룩소들은 이상하게 뿔이 구불구불하거나 양쪽 뿔이 조화를 이루지 못한 것이 많았다. 공자는 소들을 주의 깊게 살피다가 붉은 소 한 마리를 발견했다. 아직 어린 그 소는 뿔이 충분히 자라지는 않았지만 붉은 털이 햇빛에 반들반들 빛나고 있었다. 자세히 보니 양쪽 뿔 역시 부드럽게 반원을 그리며 조화를 이루고 있었다.

공자는 붉은 소에게 가까이 다가가더니 제자들에게 말하였다.

"훌륭해, 훌륭한 소야."

제자들은 소에 대해 별 흥미가 없었지만 스승이 말하니 그 쪽으로 눈을 돌렸다.

"제례를 올릴 때의 희생물로 충분히 쓸 수 있겠구나."

공자의 말에 제자들은 희생물을 구하기 위해 자신들을 교외로 데려 온 것이라 생각하여 맞장구를 치기 시작했다.

"훌륭한 소입니다."

"들에서 일이나 시키기엔 아까운 소입니다."

"아마 이 부근에서는 이런 소를 구하기 힘들 것입니다."

"흥정을 해 볼까요?"

공자는 아무런 대답 없이 걷기 시작하였다. 그리고 혼잣말처럼 말했다.

"정말 귀한 소야, 그러나 혈통이 나쁘면 쓸모가 없겠지."

그 말에 제자들은 얼굴을 마주 보았다. 희생물이라 함은 털이 붉고 뿔이 바르면 최상품이다. 게다가 소의 혈통에 문제가 있다는 말을 금시초문이었다.

"혈통 따위는 상관없지 않습니까?"

한 제자가 물었다.

"얼룩소의 새끼라 하더라도 천지 산천의 신들이 싫어하면 어찌하느냐?"

"소만 훌륭하면 걱정할 필요가 없다고 생각합니다."

"정녕 너희도 그리 믿고 있느냐? 그렇다면 안심이 되는구나."

제자들은 서로를 바라보며 고개를 갸웃거렸다. 공자가 무슨 말을 하는지 짐작을 할 수 없었다. 공자는 묵묵히 걸었다. 잠시 후 문득 생각난 듯이 말하였다.

"중궁은 어떻게 지내고 있느냐? 그도 얼룩소의 새끼인지라 신이 탐탁하게 여기지 않는다는 말은 가끔씩 듣고 있다."

제자들은 다시 얼굴을 마주 보았다. 그리고는 깨달은 듯 고개를 숙였다.

"너희처럼 혈통 따위는 문제가 아니라는 것을 알고 있는 사람들이 있다는 것을 알면 그도 기뻐할 테지. 그래서 나도 기쁘다. 군자란 남의 착함과 어짊을 북돋고, 남의 약점을 이용하지 않는 법. 그러나 세상에는 그 반대의 소인이 많다."

제자들은 공자의 말에 몹시 부끄러움을 느꼈다.

"꽤 많이 걸었구나. 이제 돌아가자."

공자는 발길을 되돌아가며 붉은 소를 향해 말했다.

"훌륭한 소구나. 이만하면 신들도 흡족해하실 게다."

공자의 이런 노력이 제자들을 진지하게 반성하도록 하였는지는 알 수 없다. 그러나 그 후 중궁의 신분이나 아버지의 품행이 다시 화제에 오르지 않았다는 것은 확실하다. 그러나 그들이 뭐라고 하건 중궁 자신에게는 상관없는 일이었을 것이다. 중궁은 스스로 삼가며 학문에 힘쓰고 마음을 정진함으로써 공자의 은혜에 보답하려 했으니 말이다.

예禮는 인간의 가장 잘 조화된 마음의 구체화된 모습이다.
그 근본은 존경하며 양보하는 데 있다.

특별한 가르침을 탐색하다

진강은 기뻐하며 말했다.
"하나를 물어 셋을 얻었다. 시와 예를 알았고, 또 군자는 자기 아들이라 하여 특별히 가까이 하지 않음을 알았다."

_계씨편季氏篇

진강陣亢은 공자의 가르침을 받으려고 멀리 진陳나라에서 노나라로 찾아왔다. 그런데 제자들이 너무 많아 그처럼 나이 어린 새내기는 공자와 직접 대면할 기회가 없었다. 그래서 공자의 제자 중에 선배인 자공의 지도를 받아 공자의 언행을 간접적으로나마 배우려고 노력하고 있었다.

그러던 어느 날, 진강은 자공에게 한 가지 질문을 했다.

"선배님은 공자님의 제자 노릇을 할 필요가 없지 않을까요? 제가 보기에는 선배님이 공자님보다 현명하신 분으로 여겨집니다만······."

그가 이렇게 말한 의도는 공자를 알고자 하는 그의 일념 때문이기도 하지만, 어떤 면에서는 그의 본심이기도 했다. 왜냐하면 이따금 접하게 되는 공자가 줄곧 이런 말만을 해왔으니까.

"나는 옛 성인의 도를 좋아하고 부지런히 찾아내어 배움으로써 알게 된 사람이다. 태어나면서부터 모든 것을 알고 있는 사람은 아니다."

"학문을 깊이 연구하지 못한 점, 정의로움을 듣고도 실행하지 못하는 점, 덕을 닦지 못한 점, 옳지 않음을 고치지 못하는 점 등 나의 걱정거리가 참 많구나."

"묵묵히 도리를 새겨 두고, 배우기에 물리지 않으며, 남을 깨우치기에 싫증을 느끼지 않기란 용이한 일이 아니구나. 나는 그 중의 어느 것도 해내지 못하고 있는 것 같다."

반면 자공은 화려하고 시원시원한 언변으로 그의 마음을 사로잡고 있었다. 하지만 이 질문을 받은 자공은 갑자기 진지한 표정으로 대답했다.

"군자는 경솔하게 말을 해서는 안 된다. 말 한 마디에 따라 지혜로운 사람으로 보이기도 하고, 어리석은 사람으로 보이기도 하기 때문이다. 내가 스승님에게 미치지 못함은, 마치 하늘에 사다리를 놓고 올라갈 수 없음과 같다. 만일 스승님이 한 나라를 다스리는 지위에 오르신다면, 백성들에게 생업을 주시어 그들을 자립케 하실 것이며, 바른 길을 가게 할 것이며, 평안케 하여 먼 곳으로부터 따라오게 할 것이고, 스스로 일어서게 함으로써 모두를 화목하게 하실 것이다. 살아 계실 동안 이처럼 어진 정치를 구가하신 스승님이 돌아가시고 나면 백성들은 부모와 사별한 것처럼 슬퍼할 테지. 그러한 힘이 내게 있을 리가 없다. 비교하는 것 자체가 불손한 일이구나."

자공의 말을 듣고도 진강은 아직 공자의 인품을 분명히 알 수 없었다. 그래서 또 한 번은 이렇게 물었다.

"스승님은 어느 나라를 가시든 그 나라의 정치에 어떤 형태로든 관여하시는 듯한데, 이는 스승님이 자진하여 그러시는 겁니까, 아니면 군주 쪽에서 그러한 기회를 주기 때문입니까?"

그가 이렇게 물은 의도는 공자는 의외로 공명심이 강한 사람일지도 모른다는 생각이 들어서였다. 어느 나라에 가거나 오래 머물러 있지 못하는 것도 어쩌면 그 때문인지도 모른다는 생각이 불현 듯 들었던 것이다.

이에 자공의 대답은 이러했다.

"스승님의 용모나 언동에는 온화·선량·공경·검박·겸양이란 다섯 가지 덕이 있지. 각국의 군주는 그러한 덕에 접하면 자연히 정치에 관해 물어보지 않을 수 없게 되는 것이다. 그러므로 많은 사람들이 아첨을 하면서 벼슬길에 오르려는 것과는 전혀 다르다. 덕으로써 자신의 뜻을 펴시려 하기 때문이지. 그래서 스승님은 자신의 덕을 사용할 수 없는 나라에서는 지위에 연연하시지 않는다."

자공으로부터 번번이 이러한 말을 듣고 있는 동안, 진강은 조금씩 공자의 세계를 이해할 수 있을 듯한 느낌이 들었다. 그러자 공자와 조용히 접할 수 없는 자신의 처지가 더욱 유감스럽게 생각되는 것이었다.

그가 자공에게 물은 공자에 관한 질문에서 짐작할 수 있듯이, 사실 진강은 의심이 많은 인물이다. 비뚤어진 성격은 아니었지만 무슨 일이든 일단은 의심해 보는 버릇이 있었다.

'새내기이기 때문에, 그리고 노나라 사람이 아니기 때문에 내가 소홀히 다루어지는 건 아닐까? 멀리서 온 새내기에게는 더 친절히 대해 줘야 맞는 것 같은데……. 그러고 보니 스승님이 사랑하는 안회, 자로나 민자건, 염백우 모두가 노나라 태생이군. 내가 존경하는 자공은 안회나 자로만큼 신임을 받지 못하고 있다는데, 그 이유가 혹여 衛나라 사람이기 때문은 아닐까?

그는 드디어 이러한 데까지 생각이 미치게 되었다. 그러자 문득 떠오른 사람이 백어伯魚였다.

'아참, 스승님의 외아들 백어가 있었구나. 평소 스승님은 그를 다른 제자들과 다름없이 대하는 것처럼 보여. 하지만 겉으로만 그러는 걸 거야. 사람들이 보고 있지 않는 데서는 다른 제자들에게 가르쳐 주지 않는 것을 가르쳐 주고 있을 것이 분명해. 스승님도 자신의 아들이 다른 제자들보다 훌륭하기를

바랄 테니까.'

기실 이러한 생각이 그의 마음을 불쾌하게 만든 것은 아니었다. 오히려 자신의 생각이 사실이라면 백어에게 접근하여 다른 제자들이 얻을 수 없는 좋은 가르침을 얻어야겠다고 생각했기 때문이다.

진강은 위대한 발견이라도 한 것처럼 빙긋이 웃었다. 이후 그는 백어의 모습이 보이기만 하면 그에게 다가가 말을 걸곤 하였다. 두 사람의 이야기를 다른 제자들에게 엿듣는 것은 좋아하지 않았으므로, 되도록 남의 눈에 띄지 않도록 노력했다.

그런데 이러한 접근 방법도 별로 효과가 없었다. 백어가 원래 과묵할 뿐만 아니라 이따금 무슨 말을 할 때에도 색다른 이야기를 하지 않으며, 공자의 특별한 가르침으로 여겨지는 말은 거의 들을 수가 없었기 때문이다.

'역시 자공이 스승님보다 더 훌륭한 분이 아닐까?'

그는 이후에도 종종 이러한 생각을 하였다. 그리고는 자신과 백어를 비교해 보곤 했다.

'백어는 어쩌면 스승님의 특별한 가르침을 남에게 알려주지 않기로 했는지도 몰라.'

이런 생각이 들자 불현 듯 기분이 나빠졌다. 그래서 어느 날 공자의 집에서 백어와 정원을 나란히 걸어갈 때 작정하고 물어보았다.

"당신은 스승님의 아드님이니까 언제나 가까이 모시면서 여느 제자들은 들어 볼 수 없는 좋은 이야기를 듣고 계실 줄 압니다. 괜찮으시다면 나 같은 새내기를 위해 일부분이라도 들려 주시겠습니까?"

"그런데 어쩌지요? 실은 나도 별로……."

백어는 한참 생각하다가 주저하며 말했다.

"굳이 말한다면 예전에 이러한 일이 있었어요. 마침 아버님께서 한가로이 혼자 계셨죠. 내가 종종걸음으로 정원을 가로질러 가자 아버님이 『시경詩經』은 배웠느냐?' 물으시더군요. 아직 못 배웠다고 답하니 『시경』을 배우지 못했으면 사람들과 이야기를 할 수가 없다' 고 하셨지요. 그때부터 나는 『시경』을 배우기 시작했어요."

"네, 그러셨군요."

"그리고 며칠 후의 일이었습니다. 지난번처럼 아버님께서 혼자 계실 때 그 앞을 지나가게 되었어요. 그러자 이번에는 '예를 배웠느냐?' 고 물으시더군요. 아직 배우지 못한 상태라 하는 수 없이 '아직 못 배웠습니다' 하고 대답했지요. 그러자 '예를 배우지 못했으면 세상에 나가 사람들과 어울려 살아갈 수가 없다' 고 나무라시더군요. 그래서 예를 배우기 시작한 겁니다."

"그러셨군요."

"아버님으로부터 특별히 가르침을 받은 것이라곤 이 두 가지뿐입니다. 그 밖에는 당신들과 똑같아요. 아시는 바와 같이……."

"그러셨군요."

진강은 만족스럽기도 하고 실망스럽기도 했다. 잇따라 "그러셨군요."를 되풀이하면서 맞은편을 바라보니, 공자가 지팡이를 짚으면서 이쪽으로 걸어오고 있었다. 잠시 머리를 식히려고 나온 듯했다. 두 사람은 공자에게 다가가서 공손히 절을 하였다.

공자는 미소지으며 말하였다.

"둘이서 아까부터 정원을 거닐고 있던데, 꽤 친한 사이인가 보구나."

진강은 공자가 자신을 백어와 친한 사이라고 생각한다는 사실에 기분이 좋았다. 그러나 내색하지 않고 잠자코 백어를 쳐다보았다. 백어가 말하였다.

"최근에 특별히 가까이 지내고 있습니다. 많은 것을 가르쳐 주어 감사하고 있지요."

"좋지. 젊은 시절에는 친구끼리 갈고 닦는 일이 중요하니까. 오늘은 나도 이야기에 끼워 주지 않으련."

이렇게 말하며 공자가 걷기 시작했다. 그의 뒤를 두 사람이 따랐다.

'오늘은 정말 행운의 날이구나.'

진강은 가슴이 두근거렸다.

"그런데……."

공자는 걸어가면서 말하였다.

"둘이 친하게 지내는 것은 좋지만, 그 때문에 교우 관계가 한쪽으로 치우치면 안 된다. 군자는 공평무사하게 널리 천하를 벗으로 삼는 법이지. 이에 반해 소인에게는 호오惡好나 타산이 개입돼. 그러니까 아무래도 한쪽에 치우치게 마련이지. 치우치기만 하면 좋지만, 그래 가지고는 진정하게 사귈 수가 없어. 진정한 사귐은 도로써 이루어야 하는 거야."

진강은 두근거리고 있던 자신의 가슴에 찬물이 끼얹어진 것 같았다.

그때 공자가 두 사람을 돌아보며 말하였다.

"나는 너희 두 사람이 소인처럼 사귀고 있다고 말하는 게 아니다. 그저 머리에 떠오른 것을 말했을 뿐이야."

진강은 다소 마음을 가라앉혔지만 가슴 속에는 여전히 씁쓰레한 느낌이 달라붙어 쉽게 사라지지 않았다.

"중간에 방해를 해서 미안한데, 오늘은 둘이서 무슨 이야기를 하고 있었나?"

진강은 마음이 섬뜩했다. 그래서 백어가 공자의 물음에 사실대로 답하는 것을 들으면서 주의 깊게 공자의 뒷모습을 살펴보았다.

　백어의 이야기를 묵묵히 들으며 걷고 있던 공자가 이내 감개가 깊은 듯이 말하였다.

　"내가 너에게 그러한 교훈을 준 적이 있었나? 시와 예는 바로 군자의 학문이지. 시는 사람에게 감흥을 돋우게 하며, 인생을 보는 눈을 길러 주지. 사람들과 더불어 살아가는 마음가짐을 길러 주고, 또 원망하는 마음을 아름답게 표현하는 기술도 가르쳐 준단다. 시를 진정으로 음미할 수 있어야만 어버이를 섬기고, 나아가서는 군주를 섬길 수도 있는 것이다. 시로써 새나 짐승, 초목 등의 자연에서 지식을 익힐 수도 있지."

　한달음에 이렇게 말한 공자는 잠시 숨을 고르고 다시 말을 이었다.

　"또 예는 인간의 가장 잘 조화된 마음의 구체화된 모습이야. 그 근본은 존경하며 양보하는 데 있다. 존경하고 양보하는 데서 마음의 커다란 조화가 생겨나니까. 이를 모양으로 나타낸 것이 예이다. 그러므로 나라를 다스리는 데도 예양禮讓의 마음으로써 하면 그다지 큰 어려움이 없다. 그러나 예양의 마음 없이 나라를 다스리려고 하면, 나라가 다스려지지 않을 뿐만 아니라 예 자체가 영혼이 없는 허구가 되어버려서 제 한 몸의 조화조차 이루기 힘들어지는 게야. 시나 예는 모두 언어나 형식에 그치는 것이 아냐. 그 점을 잊지 말고 진지하게 공부하도록 해라."

진강이나 백어는 정신없이 공자의 말에 귀를 기울이며, 공자의 뒤를 따라 묵묵히 발걸음을 옮기고 있었다.

공자가 갑자기 걸음을 멈추며 두 사람을 돌아보았다.

"내가 너무 말을 많이 한 모양이군. 그저 듣기만 해서는 진정으로 학문을 익히지 못한단다. 뭔가 다른 이야기는 없을까 하고 찾아다니기보다는 한 가지라도 좋으니 스스로 깊이 생각해 보아야 해. 이론보다는 실행이 중요한 법이지. 어찌해야 하나, 어찌해야 하나 하고 몸부림치며 괴로워하는 사람이 아니라면, 나도 어떻게 이끌어 주어야 할지 알 수 없거든."

그럼에도 진강은 공자에게 무엇을 물어야 할지 몰랐다. 그토록 직접 대면하고 싶었던 스승이었으나 막상 대면하자 어떤 질문도 떠오르지 않았던 것이다.

"원래 남의 이야기를 듣기 좋아하는 마음은 그 사람의 경박성을 나타낼 뿐, 별다른 효능이 없는 거야. 자로는 그러한 의미에서 아주 좋은 점이 있다. 그는 하나의 말을 들으면, 그것을 실행하기 전에는 그 밖의 훌륭한 말을 듣기 두려워하거든. 진정으로 도를 구하려는 사람은 그만큼 진지해야 한다고 나는 생각하고 있다."

진강은 갑자기 일격을 당한 듯한 느낌을 받았다. 공자가 다시 걸어가기 시작했음에도 그는 멍하니 우뚝 서 있었다.

'공자는 무서운 사람이구나.'

그 날 진강은 숙소로 돌아오면서 몇 번이나 이렇게 생각하였다. 이제 그의 마음에는 공자를 의심하거나 백어를 미끼로 사용할 생각은 손톱만큼도 남아 있지 않았다.

그는 생각했다.

'나는 백어에게 사심을 가지고 질문을 했으나 그 한 가지 질문에 의해 세 가지를 알 수 있었다. 시와 예를 알았고, 또 군자는 자기 아들이라 하여 특별히 가까이 하지 않음을 알았다.'

이튿날, 그는 자신에게 있었던 일들 자공에게 소상히 털어놓았다. 그리고 이렇게 덧붙였다.

"덕분에 스승님의 인품도 조금은 알 수 있을 듯합니다."

그러자 자공이 말하였다.

"다행이다. 하지만 진정으로 스승님을 알기란 쉬운 일이 아니다. 이를테면 시서예악詩書禮樂 등에 대한 스승님의 이야기는 들을 수도 있고 이해할 수도 있을 것이다. 그러나 스승님의 본질적인 방면, 즉 성性이나 천도天道와 같은 인생관이나 세계관에 관한 것은 좀처럼 이야기하지도 않으시고, 또 이야기하시더라도 우리가 이해하기 어렵거든. 아무튼 스승님의 깊이는 무한하다고 할 수밖에 없다."

조정에서 포고가 내려올 때면 그때마다 목탁이라는 방울을 딸랑딸랑 울리며 돌아다니는데, 그것은 시끄러울 뿐 아무 쓸모도 없었다. 그 소리를 들을 때마다 나는 하늘의 목소리를 전해 줄 목탁이 있으면 좋겠다고 생각했다.

하늘의 목탁

"군자가 이곳에 오시면 저는 모두 찾아 뵙고 있습니다."
의라는 지방의 관문지기가 공자를 뵙겠다고 청하며 말하였다.
공자의 수행원이 그를 안내하여 면회를 시켜 주자, 관문지기는 면회하고 나오면서 이렇게 말하였다.
"여러분은 스승님이 벼슬을 잃었다고 뭘 그리 걱정하십니까? 천하에 도가 없어진 지 오래라 하늘이 스승님으로 하여금 목탁을 삼고자 하신 겁니다."

_팔일편八佾篇

공자가 노나라의 대사구大司寇 벼슬을 그만두고 55세 때인 정공定公 13년에 처음으로 여러 나라를 주유하기 위한 여행길에 올랐을 때의 일이다.

"실은 이것이 유일한 저의 도락이지요. 사실 도락이라고 하면 실례가 되겠지만, 솔직히 말해 그러한 즐거움이 있기 때문에 이렇게 국경의 관문을 지키고 있는 겁니다."

의儀라는 칠십 가까이 된 관문지기국경을 감시하던 관리가 염유冉有를 붙들고 구부러진 허리를 두드리며 이렇게 떠들어 댔다. 그는 공자를 만나 볼 작정으로 공자의 숙소로 찾아갔는데 공자의 제자인 염유와 마주친 것이다.

"그래, 얼마 동안 근무하셨습니까?"

염유는 관문지기를 공자와 만나게 해 주고 싶지 않았다. 공자가 상대하는 사람은 제후나 대부들이다. 말단 관리와도 만나게 한다면 끝도 없을 것이다. 게다가 공자는 벼슬을 그만두고 유랑하는 처지가 아닌가.

'위나라에 첫발을 들여놓자마자 늙어 꼬부라진 관문지기 따위를 상대한다면 스승님의 위엄이 상할 것이다. 우리 제자들로서는 기분 좋은 일이 아니야. 이러한 때일수록 대수롭지 않게 보여서는 안 된다.'

염유는 이렇게 생각하고는 관문지기의 이야기를 다른 데로 돌리려고 했다.

"이제 그럭저럭 40년쯤 될까요."

관문지기는 두 손으로 허리를 짚고 쭉 펴면서 득의양양하게 대답하였다.

"40년!"

염유도 놀랐다.

"즐거운 일입니다. 이렇게 관문지기를 하고 있는 덕분에 많은 분들을 만나 뵐 수 있거든요."

"그래요?……."

내키지 않았지만 염유는 이렇게 대답을 했다.

"처음에는 익숙하지 못하여 중요한 분들을 만나 보지 못했습니다. 그러나 요즘에는 요령을 터득하여, 마음만 먹으면 어떤 분이든 만나 뵙고 있지요. 이것이 오랫동안 근무한 관문지기라는 직책에서 오는 이득인 셈이죠."

염유는 이 늙은 관문지기가 자신의 마음을 읽은 것 같아 약이 올랐다. 그래서 천장을 응시한 채 대꾸를 하지 않았다.

"물론 스승님이 피로하시리라는 것은 잘 알고 있습니다. 그러니까 잠시 두세 마디 이야기해 주실 동안만 만나 뵙게 해 주시면 됩니다. 아무래도 지나가시는 모습을 흘긋 바라보기만 해서는 이 늙은이의 마음이 흡족하지가 않을 것 같아 그렇습니다. 이번에 만나 뵙게 되면 이 소중한 기억을 간직하기 위해 관문지기 노릇을 그만둘까 생각도 하고 있습니다."

염유는 다소 기분이 풀렸으나 아직도 공자에게 말을 전하고 싶은 생각은 나지 않았다.

"지금 당장이 아니라도 괜찮습니다. 내일 떠나시기 이전에 언제든 잠시 만나 뵙기만 하면 됩니다. 나는 밤새도록 기다려도 상관없으니까요. 지금까지도 가끔 그랬거든요."

염유는 자기도 모르게 웃음을 터뜨리고 말았다. 관문지기는 걱정스러운 듯 재차 확인을 했다.

"부탁드릴 수 있을까요?"

"말은 전하겠습니다."

염유는 마침내 이렇게 말하고 말았다.

"정말 고맙습니다. 말을 전해 주시기만 하면 틀림없이 만나 주실 겁니다. 지금까지 이러쿵 저러쿵하는 분도 없진 않았습니다만, 그것은 대개 수행하는 이가 조종한 때문이거나 아니면 자신이 별로 훌륭하지 않은 분일 경우였어요. 조금이라도 세상 물정에 밝은 분이라면 미천한 사람이나 노인의 마음을 거둬들이시거든요."

염유는 어이가 없어 몇 발짝 걸어가다 말고는 관문지기의 얼굴을 뚫어지게 쳐다보았다. 관문지기는 눈치껏 창가로 시선을 돌리며 길게 허리를 폈다. 그리고 익살스럽게 말했다.

"이제 겨우 소망이 이루어졌군요."

염유는 하는 수 없다는 듯 두세 번 고개를 저었다. 그리고 잠시 무어인가 생각하는 듯하더니 안으로 들어갔다.

잠시 후 그가 시무룩한 표정으로 나왔다. 그러고는 무뚝뚝한 어조로 이렇게 말했다.

"만나 주시겠답니다."

그는 옆방에 있는 젊은 제자를 불러 관문지기를 안으로 안내하도록 일렀다.

관문지기는 지금까지 열심히 매달리며 부탁하던 태도와는 달리 염유의 얼굴은 바라보지도 않은 채 "그래요?" 하고 말하면서 어슬렁어슬렁 걸어 나갔다.

염유는 쓴웃음을 지으면서 의자에 걸터앉았다.

'역시 말을 전하는 게 아니었어. 말을 전하면 스승님은 으레 만나려고 하시거든. 그걸 뻔히 알면서도 그 늙은이의 말에 넘어가 버렸으니……. 그렇지만 스승님도 너무 경솔하신 거 아냐? 그토록 만나시면 안 된다고 말씀을 드렸는데 '거 재미있는 인물이군' 이라니. 재미가 있든 없든 고작 관문을 지키는 일개 말단 관리가 아닌가 말이다. 게다가 40년이나 그런 일에 매달려 있었다면 변변찮은 위인이 뻔하지. 제후를 상대로 활동하려는 마당에 그 따위 늙은이를 뭐 하러 만나겠다고 하시는지. 지금쯤 그 늙은이는 아까처럼 되지 않은 소리를 제멋대로 지껄이고 있겠지? 그런 미치광이 같은 노인을 상대하고 있다니 스승님 스스로를 욕되게 할 뿐이지. 노나라의 대사구로 계시던 무렵의 일이 생각나는군. 그 훌륭한 관직에 지금까지 계셨다면 이러한 일은 당하지도 않았을 거야. 역시 초야에 묻혀서는 안 돼. 도를 즐기느니 뭐니 하지만, 관직을 떠나기가 무섭게 세상 사람들의 평가가 달라지잖아. 그게 세상이라는 거야. 그러니까 더욱 자중하시지 않으면, 앞으로 얼마나 비참한 일을 당하게 될지 알 수 없는 노릇이야. 아무튼 내가 오늘 그 노인의 말을 전한 것은 실수였어.'

염유가 이러한 생각을 하는 동안, 일을 보러 나갔던 네댓 명의 제자들이 숙소로 돌아왔다. 그는 기다렸다는 듯이 지금까지 있었던 사실을 그들에게 이야기해 주었다. 그리고는 유감스러운 듯이 이렇게 덧붙였다.

"사실대로 이야기하면 스승님도 안 만나 주시리라고 생각했는데, 내 예상이 빗나갔던 거요."

"그건 스승님이 남을 알기 위해 언제나 노력하고 계시는 분이니까요."

한 사람이 자신만만한 얼굴로 말하였다.

"아무려면 스승님이 그러한 노인으로부터 창피를 당하시기야 하겠소."

다른 한 명이 태연하게 말하였다.

"그렇긴 하지만 그러한 사람을 만났다는 것 자체가 스승님의 평판을 떨어뜨리는 게 아닐지 걱정되는군요."

또 한 사람이 말하였다.

"나도 그 점을 걱정하고 있었소."

염유는 팔짱을 끼면서 한숨을 쉬었.

다른 사람들도 이에 동감했다. 그들은 자신들의 평판마저 나빠질까 우려하기도 했다.

"당신에 대한 그 노인의 태도는 어떻던가요. 당신에게 가르침을 받으려는 기미는 전혀 없던가요?"

한 명이 염유에게 물었다.

"그러한 기미는 눈곱만큼도 찾아볼 수 없었어요. 아니, 도리어 나를 우롱하는 듯했죠."

"스승님이 대사구로 계실 때만 해도 말단 관리들이 우리를 의젓한 선비로 대했잖아요."

"정말 그러네요."

이들의 얼굴에 실망과 염려의 빛이 역력했다.

그 말을 끝으로 한참 동안 아무도 말을 하지 않았다. 침묵이 계속되었다. 이윽고 발걸음 소리가 나더니 조용히 방문이 열렸다. 늙은 관문지기였다.

그들은 언짢은 표정으로 일제히 그를 쳐다보았다. 그러나 그는 활짝 웃으며 그들에게 다가가 이렇게 물었다.

"모두 공자님의 제자들이신가요?"

그리고 염유를 바라보며 감사의 인사를 올렸다.

"아까는 정말 고마웠습니다. 오늘은 이 늙은이가 더할 나위 없이 기쁘군요. 오래 산 보람이 있었습니다. 지금까지 꽤 훌륭한 분들을 만나 보았지만, 공자님에 비하면 하늘과 땅의 차이입니다. 잠깐 만나 뵙기만 했는데도 가슴이 훈훈해지는 듯했습니다. 이야기를 듣고 있는 동안에 나는 저절로 고개가 숙여지더군요. 원래 내가 남에게 지기 싫어하는 성미여서 웬만한 분에게는 논쟁을 벌이곤 합니다만, 오늘은 웬일인지 어린애가 된 듯한 느낌이 들었습니다. 많이 젊어진 듯한 기분입니다. 이렇게 젊어진 기분으로 조용히 죽는다면 얼마나 행복하겠습니까.

지금처럼 뒤죽박죽이 된 세상을 지켜보고 얼굴을 찌푸리며 죽는다면 너무 애처롭겠죠."

염유와 제자들은 멍하니 노인의 얼굴을 지켜보았다. 노인의 이야기는 계속되었다.

"당신들은 훌륭한 스승님을 모시고 있더군요. 저러한 스승님 밑에서 학문을 하고 있으니 염세적인 생각은 들지 않을 것입니다. 그러나 지금처럼 목표도 없이 여행을 하고 있으면 허전한 느낌이 들 수도 있겠지요. 어쨌든 여러분은 아직 젊으니까요."

그는 숨이 찬지 크게 한숨을 들이쉬고는 계속 말했다.

"그렇지만 스승님의 값어치…… 값어치라고 하면 너무 속된 표현인가요? 그러니까 스승님의 그 진정한 영혼, 즉 스승님의 마음속 깊은 곳에 있는 존귀한 영혼에 조용히 접하고 거기서 우러나오는 가르침을 충분히 음미하려면 함께 어려움을 겪어야 합니다. 당신들 중에 만일 스승님이 노나라 대사구 벼슬을 그만두셨다 하여 낙심하고 있는 분이 있다면, 그야말로 벌을 받을 것입니다."

제자들은 저도 모르게 노인의 말에 이끌려 자세를 바로 잡았다.

"그리고 첫째로……"

노인이 제자들 쪽으로 한 발 다가서며 말했다.

"스승님을 노나라에만 가둬 두고, 관리 노릇이나 하도록 하는 것은 아까운 일이니까요."

제자들은 서로 얼굴을 마주 보았다.

아무도 대답하는 사람이 없었다. 그러자 노인이 큰 소리로 외쳤다.

"스승님은 당신들의 입신출세를 위하여 태어나신 분이 아닙니다."

제자들의 표정이 돌처럼 굳어졌다. 노인은 염유의 얼굴을 가만히 바라보았다.

염유는 숨막히는 분위기에서 헤어나려는 듯이 뭐라고 말을 꺼내려 했다. 그러자 노인이 갑자기 싱긋 웃으며 손을 저었다.

"저런, 소리를 질러 미안합니다. 당신들이 스승님의 일을 마음으로부터 염려하고 있음을 이 늙은이도 잘 알고 있어요. 하지만 천하가 이토록 어지러워졌으니 스승님이라도 어려움을 겪어 달라고 하는 수밖에 없어요. 그것이 스승님에게 내려진 천명이니까요."

"……."

"그건 그렇고……. 이 위나라에서는 걸핏하면 조정에서 포고가 내려오고 그때마다 목탁이라는 방울을 딸랑딸랑 울리며 돌아다니는데, 노나라에서는 그런 어리석은 짓은 하지 않겠죠? 그것은 시끄러울 뿐 아무 쓸모도 없는 짓이거든요. 지금까지 그 소리를 들을 때마다 나는 하늘의 목소리를 전해 줄 목탁이 있으면 좋겠다고 생각했어요."

그는 제자들의 얼굴을 탐색하듯이 둘러보았다. 그러고는 다시금 엄숙한 표정으로 말하였다.

"아시겠습니까. 당신들의 스승님이야말로 앞으로 하늘의 목탁이 되실 분이라는 것을요."

노인의 말에 아무도 대답하는 이가 없었다. 다시 침묵이 계속되었다. 노인은 그제야 제자들에게 고개를 숙이며 이렇게 말하고는 천천히 방을 나갔다.

"혼자서 너무 오래 지껄였군요. 그러면 건강하게 여행을 계속하시오."

제자들은 꼼짝도 하지 않고 그의 뒷모습을 바라보았다. 그가 문 밖으로 사라지자 염유는 갑자기 깨어난 것처럼 공자의 방으로 달려갔다.

경을 치는 공자

"저 악기에서 나오는 소리에는 세상에 대한 관심이 깃들어 있구나."
위나라에 머물며 경이라는 악기를 치고 있을 때, 삼태기를 매고 공자가 묵고 있는 집 앞을 지나가던 어떤 사람이 말하였다.
"품위가 없어. 집착이 강한 소리구나. 자기를 몰라 주면 그것으로 그만인 것을. 시경에도 물이 깊으면 옷을 벗어 들고, 얕으면 걷어 올리라고 했다."
그가 계속하여 말하였다. 이에 공자가 말하였다.
"그는 쉽게 단념할 수 있는 사나이야. 그러나 그렇게 하기는 어렵지 않다."

_헌문편憲問篇

노나라 정공이 공자가 경계하던 신하 계씨와 가까워지고 점차 향락에 빠져들자 공자는 벼슬을 그만두고 유랑의 길을 나섰다. 그때 공자의 나이 쉰여섯 살이었다. 공자가 처음 간 곳은 위衛나라로 제자인 자로의 처남인 안수유顏讎由의 집에 머물기로 하였다.

위나라의 영공靈公은 제멋대로 나라를 다스리는 군주였지만, 공자를 자신의 나라에 머물게 하고 싶었다. 그러나 대우를 어떻게 해야 할지에 대해 결정을 내리지 못했다.

공자는 자신의 정치적인 신념을 실현할 기회를 얻고 싶었기에 기회가 오기를 기다렸다. 기회를 기다리며 공자는 시를 읊거나, 거문고를 타거나, 경을 치곤 했다.

그 날도 공자는 아침부터 혼자 경磬을 치고 있었고 그 소리가 문 밖으로 울려 퍼졌다. 삼태기를 짊어진 농부가 그 소리를 듣더니 한참을 문 앞에 멈춰서 경을 치는 소리를 들었다.

"좋은 소리구나. 하지만 이 소리는 청아하지 못하는군. 아직 사물에 대한 욕망이 깃들어 있다."

이렇게 말하고는 농부는 다시 걸어가기 시작했다. 걸어가면서 일부러 그러는 것처럼 그는 침을 탁 뱉었다.

공자의 제자인 염유가 마침 그때 문 밖으로 나가던 참이었다. 그는 농부의 말을 들었고 농부가 이상한 사람이라고 생각하며 뒷모습을 바라보고 있었다.

농부는 길을 걷다가 이미 이를 눈치 챈 것처럼 방향을 돌려 염유 쪽으로 두세 발짝 다가왔다. 그는 얼굴에 주름이 잡히도록 웃었다. 그러더니 웃음을 그치고는 혀를 코 밑으로 내미는 기이한 행동을 했다.

'미치광이로군.'

이렇게 생각한 염유는 농부와 반대 방향으로 걸어가려고 했다. 그러자 농부는 별안간 큰소리로 웃었다.

염유는 한 번 더 그를 바라보았다. 농부는 손짓을 하며 말했다.

"당신도 일행이요?"

이렇게 말한 사내가 손짓하자 염유는 진짜 미치광이라고 생각하면서도 무시당하는 것 같아 화가 났다. 염유는 멈춰선 채로 상대방을 노려보았다.

"그렇게 무서운 얼굴로 보지 마시오. 그보다는 저 소리를 들어 보시오."

"경 치는 소리가 어떻단 말이오?"

"잘 치지 않소."

"당신이 그걸 어떻게 아시오?"

"잘 알죠. 저 소리에는 아직 버리지 못한 욕심이 들어 있군."

"무슨 말을 하려는 거요!"

"또 화를 내는군요. 화를 내면 품위가 없어 보인 다오. 저 경치는 소리처럼."

"뭐라고요. 저 경치는 소리가 품위가 없다고요?"

"그래요. 좀 귀여운 데는 있지만 품위가 없는 소리요. 저 소리에는 버리지 못한 집착이 들어 있소. 또 저 소리에는 굉장히 화를 내는 마음이 전해지오. 당신이 지금 내고 있는 화와는 값어치가 다르지만."

염유는 농부에 말에 언짢아서 걸음을 옮기려고 했다.

"하하하. 이번에는 달아날 셈이군. 달아나거나 화를 내는 것은 보기 흉하다오. 좀 더 담백해질 수는 없는 거요?"
"그 말은 내게 하는 말이요?"
"그렇소. 경 치는 사람도 마찬가지요."
"경 치고 있는 분은 세상에 성인으로 알려져 있는 분이시오."
"융통성이 부족한 성인이군."
"……"
염유는 상대가 하는 말에 압도되어 대답도 할 수가 없었다.
"그렇지 않소. 자신을 알아주지 않으면 깨끗이 물러나면 되는데 사방을 어슬렁거리며 돌아다니고 있으니 말이오. 세상을 너무 모른단 말이야."
"스승님은."
"당신의 스승이오? 어쩐지 닮은 데가 있군요. 당신 역시 세상에서 버림받고, 세상을 그리워하는 그러한 사람이요?"
"……"
"세상이 그토록 그리우면 고집을 부리지 말고, 어디에든 가서 봉사를 하는 편이 낫지. 고집을 부리고 싶으면 깨끗이 세상을 체념하거나……"
사내가 마구 떠들고 있는 동안에, 염유는 놀라 눈을 깜박이고 있었다. 이윽고 그 사내는 갑자기 큰 소리로 노래를 부르면서 얄궂은 몸짓을 하며 저쪽으로 가 버렸다.

나를 따라오려거든 건너오시오.

물이 깊으면 옷을 벗어 들고,

얕으면 살짝 걷어 올리고…….

염유는 여우에 홀린 듯한 느낌이 들어 오랫동안 그의 뒷모습을 바라보고 있었다. 그러다가 문득 정신이 들어 이게 세상 사람들이 말하는 은사隱士로구나 하고 생각했다. 그 무렵에 농부나 나무꾼 모습을 한 은사들이 여기저기 나타나고 있다는 말을 듣고 있었지만, 실제로 만나 보기는 처음이었다. 그래서 매우 중대한 사건이라도 일어난 것처럼 급히 숙소로 돌아가 모든 것을 공자에게 보고하였다.

공자는 이야기를 듣고는 한숨을 쉬면서 대답하였다.

"쉽게 단념할 수 있는 사내야. 그러나 제 한 몸을 정결히 하는 일 뿐이라면 별로 어려운 일이 아니지. 어려운 것은 천하와 더불어 정결해지는 일이야."

염유는 그 말을 듣고 겨우 마음이 안정되어, 다시 일을 보러 밖으로 나갔다.

우리는 오직 천도天道에서 벗어나는 일을 두려워해야 합니다.
하늘에 죄를 지으면 빌 곳이 없는 법이오.

부엌에 아첨하라

왕손가가 물었다.
"방 안에 아첨하기보다는 부엌에 아첨하라고 하신 말씀은 무슨 의미입니까?"
공자가 답했다.
"어허, 하늘에 죄를 지으면 빌 곳이 없는 법이오."

_팔일편八佾篇

위나라에서 뜻을 펼 수 없게 되자 공자는 하루라도 빨리 위나라를 떠나고 싶었다. 위나라의 영공은 공자에게 선물을 보내는 등 호의를 보였지만 그것은 나라의 군주로서 체면을 지키려는 것이지 정치에 그의 의견을 반영하려는 의사는 없었다.

게다가 영공의 부인인 남자南子는 음란했다. 그녀와 관련된 일들은 도를 실현하려는 공자로서는 참을 수 없는 일이었다.

하지만 위나라에는 많은 제자들이 모여들고 있었다. 노나라는 그의 고국인 만큼 제자들이 제일 많았지만 노나라 다음으로 많은 곳은 위나라였다. 이 제자들 때문에 공자는 이 나라를 떠나기 어려웠던 것이다.

공자는 이전에도 위나라에 들른 적이 있었다. 그가 노나라의 대사구를 그만둔 직후였는데 그 후 정나라와 진陳나라로 갔다가 다시 위나라로 돌아왔다. 공자는 이처럼 세상을 주유하는 동안 제후들이 얼마나 한심스러운지 알게 되었다. 그래서 생각을 바꾸어 헛되이 어진 군주를 찾아 방랑하기보다는 조용히 제자를 가르치는 일에 전념하려 하였다.

진나라에 있을 때에도 공자는 이런 말을 한 적이 있다.

"고국인 노나라로 하루 빨리 돌아가, 이상에 불타고 있는 순박한 청년들의 얼굴을 보고 싶다. 그들은 아직 중도中道에 대해 모르지만 잘만 이끌어 주면 얼마든지 발전할 수 있으리라. 한심스러운 제후들보다는 훨씬 나을 것이다."

이러한 점에서 위나라의 제자들도 노나라의 제자들과 다를 바가 없었다. 무도한 정치를 하는 영공과 음란한 생활을 하는 영공의 부인인 남자 때문에 숨이 막힐 듯했지만 제자들과 학문을 논하고 정치를 논할 때면 공자는 마음이 편해졌다.

위나라를 떠나기로 결심한 후 공자는 더욱더 많은 시간을 제자들과 함께 보냈다. 제자들을 커다란 가슴으로 껴안고, 인仁에 흠뻑 젖도록 해 주고 싶었다.

왕손가王孫賈, 위나라의 대부도 제자 중 한 사람이었다. 그는 위나라의 대부로서 군정軍政을 담당하고 있었다. 영공이 무도함에도 나라가 망하지 않은 것은 왕손가의 군정과 중숙어仲叔

圉의 외교와 축타祝駝의 제사가 때문이라고 공자가 칭찬할 정도의 인물이었다.

왕손가는 공자가 위나라에 오랫동안 머물러 있었으면 하였다.

'스승은 마음으로는 위나라에 머물러 있고 싶어하나 영공이 스승을 경원하니 떠나려 하는 것이다. 하지만 영공을 설득하기란 참으로 어렵구나. 역시 스승이 영공을 직접 만나 도로써 그를 설득하게 하는 것이 가장 좋지만 지금은 영공과 만나도 좋은 결과를 만들 수 없을 것이다. 차라리 나를 도와 큰 공을 세워 영공에게 보여 주면 영공도 공자와 함께 도를 논할 수 있을 것이다.'

왕손가는 이런 생각을 가지고 다른 제자들이 없는 시간에 맞춰 공자의 숙소로 마차를 몰았다. 왕손가는 자신의 계획이 잘 이루어졌을 경우를 상상해 보았다.

'나는 스승이 공자라는 좋은 배경을 갖고 앞으로 일을 해나갈 것이다. 그러면 백성의 신망이 점차 나에게 모아지고 무도한 영공도 그 기운에 거친 행동을 자제할 것이다. 백성은 더욱 나의 덕을 찬양할 테고. 그럼 마침내 스승을 정식으로 등용케 할 수 있을 것이고 정치는 더욱 잘 되어 갈 것이다. 스승은 결코 공을 내세우는 사람이 아니니 모든 공을 나에게 돌려줄 것이다. 하지만 나는 그 명예를 결코 독점해서는 안 된다. 대부인 중숙어와 축타에 대해서는 어디까지나 겸양의 덕을 지켜, 원망을 사지 않도록 노력해야 한다. 그러면 나의 성과가 그들만 못할 리는 없다.'

왕손가는 자신이 세상으로부터 존경받는 모습을 상상하며 흡족했다. 다음 순간 그의 머리에 떠오른 것은 요임금이 순임금에게 천자의 직위를 물려주었다는 고대의 역사였다.

다행인지 불행인지 그의 마차가 울퉁불퉁한 길로 접어들면서 그의 엉덩이가 튕겨 올랐고 그 충격에 제정신으로 돌아왔다. 그리고 자기도 모르게 외쳤다.

"이러면 안 되는데."

마부는 그 말을 자신을 질책하는 말로 듣고는 변명하듯 말했다.

"백성들이 도로를 제대로 정비하지 않기 때문입니다."

그러나 왕손가의 마음은 다른 생각으로 꽉 차 그 말을 듣지 못했다. 그는 자신의 상상을 지워 버리려고 애쓰고 있었다.

'이러한 마음으로 스승을 방문하면 모든 게 끝장이야. 스승은 상대방의 마음을 금새 읽어 버리니까. 이전에도 인간이란 아무리 자신을 감추려 해도 볼 수 있는 사람에겐 그 정체가 드러나는 법이라며 인물의 감식법을 가르쳐 주었었지. 그 감식법이라는 것은 그 사람이 무엇을 진정으로 즐기고 무엇에 마음을 두고 있는지 살펴보는 것만으로도 인물됨을 알 수 있다는 것이었는데 그 이야기를 듣는 것만으로도 두려운 마음이 들었어. 아무튼 스승을 만날 때는 사심은 절대 금물이다.'

왕손가는 겨우 공상으로부터 깨어났지만 이번에는 숙취로 힘겨워하는 술 마신 다음날 아침과 같은 기분이 되어 버렸다. 그리고 처음과 달리 자신감도 떨어졌다.

'스승은 영공이 아니라 일개 대부의 정치 고문이 되어 달라고 하면 허락하실까? 게다가 그 대부가 자신의 제자라고 한다면?'

왕손가는 마차를 타고 가면서 마음이 초조해졌다. 좀 더 신중하게 생각해 볼 걸 그렇지 못해 후회하기 시작했다. 하지만 미리 약속을 정해 두어 돌아갈 수도 없었다.

드디어 마차는 공자의 숙소 앞에 이르렀고 왕손가는 우울한 표정으로 마차에서 내렸다. 마음이 우울해 마중 나온 사람의 인사를 받기가 번거로웠다. 그러나 곧 자세를 바로잡았다. 고개를 돌리거나 낙담한 사람처럼 고개를 떨구는 행위는 대부에 어울리는 자세가 아니었다. 그는 안뜰로 들어서자 지붕을 쳐다보며 곧바로 걸어갔다.

주방 쪽 지붕 언저리에서 누런 연기가 피어오르고 있었다. 그 연기를 보자 왕손가는 부엌이 연상되었다. 그런데 부엌을 연상되자 좋은 생각이 떠올라 외쳤다.

'됐다.'

하늘의 계시란 어쩌면 이런 경우를 두고 하는 말일 것이다. 그가 연기를 보고 부엌이 연상된 순간 그는 어려운 처지에서 구해 낼 속담 하나를 어렵지 않게 생각해 낼 수 있었기 때문이다.

'오奧에 아첨하기보다는 부엌에 아첨하라.'가 그것이다.

오란 서남방을 향해 지은 방을 의미한다. 이는 주인의 방으로 중국에서는 제사를 올리는 최고의 장소다. 그러나 제신祭神이 정해지지 않는 방이다.

그에 반해 부엌은 취사 및 음식의 신을 모시는 장소. 창문의 신·땅의 신·대문의 신, 도로의 신과 더불어 취사 및 음식의 신을 가리켜 오사五祀라 하는데 오사는 지위는 낮으나 각기 제신이 있고 제사의 내용도 실질적이다. 하지만 오는 지위는 높은 반면 특정 산 제신이 정해져 있지 않으니 오사의 제례를 올린 후에 그 신주를 맞아 형식적인 제사를 올린다.

왕손가가 이 속담에 기뻐한 것은 오는 영공에 해당하고 부엌은 자신에게 해당한다고 생각한 때문이다. 그래서 이 속담에 대해 공자의 의견을 물어본 후 스승이 부엌에 아첨하는 일이 허용된다고 하면 자신의 구상을 솔직히 피력하고 그렇지 않다면 그 문제를 언급하지 않을 작정을 하였다.

'궁하면 통한다는 것은 이를 두고 하는 말이야.'

왕손가는 스승의 방에 들어가기 전에 이렇게 생각하였다.

공자는 명상에 잠겨 있다 왕손가가 온 것을 알고 일어나 그를 맞았다.

"적적하시죠?"

왕손가가 자리에 앉으면서 말했다. 이는 공자가 아직 유랑하는 몸으로 정착한 것이 아니므로 인사치레로 한 말이었다.

"제자 중에 안회라는 청년이 있는데 그는 아무리 처지가 어려워도 마음속으로는 즐거워하며 그 어려움을 이깁니다."

공자가 안회의 경우를 빌려 자신의 심경을 말하자 왕손가는 약간 얼굴을 붉혔다. 하지만 그는 공자가 정치에 참여하는 문제에 대해 말하였다.

"영공은 스승님을 등용하지 않으려는 게 아닙니다. 다만 여러 사정이 얽혀 있어 뒤로 미루고 있을 뿐입니다."

그는 그 속담을 먼저 이야기하고 싶었지만 여의치 않았다. 공자가 알맞게 화제를 돌려도 다시 공자의 정치 참여 문제로 돌아와 있었다. 그러다 마침내 그는 기회를 잡았다.

"스승님, 저는 어린 시절부터 내실에 아첨하기보다 부엌에 아첨하라는 속담을 들을 때마다 유쾌하지 않았습니다. 그런데 요즘 정치를 하다 보니 이 속담도 약간의 진리가 포함되어 있다는 생각을 합니다. 틀린 말일까요?"

그 말을 들은 공자는 이마를 찌푸렸다. 그리고 상대의 얼굴을 한참을 쳐다보다 희미한 미소를 띠며 말하였다.

"눈곱만큼의 진리도 포함되어 있지 않습니다."

공자의 부정적인 대답을 충분히 예상했지만, 공자의 태도나 어조가 너무 신랄하자 왕손가는 몸이 움츠러들며 몹시 실망했다. 그러나 공자는 기다렸다는 듯이 자세를 가다듬고 말을 계속하였다.

"우리는 천도天道를 벗어나는 일을 두려워해야 합니다. 하늘에 죄를 지으면 빌 곳이 없습니다. 하늘은 모든 것의 지배자이며 진리의 어머니입니다."

왕손가는 고개를 끄덕였지만 마음속으로는 공자가 정치에 참여하려고 하면서도 방법을 알지 못하니 안타까운 마음마저 들었다.

'이래서는 등용될 가능성은 희박할 것이다.'

이렇게 생각하고 대화를 적당히 마무리를 지으려는데 공자는 다짐하듯이 강하게 말했다.

"군자의 길은 하나밖에 없습니다. 내실에 아첨하지 않을 뿐 아니라 부엌에도 아첨하지 않는 것이 군자의 길입니다."

자신의 마음을 분명히 꿰뚫어 보며 이야기하는 공자의 참뜻을 왕손가 정도 되는 사나이가 알아채지 못할 리가 없었다. 왕손가는 부끄러움과 자신에 대한 실망감 때문에 몸이 부들부들 떨려 왔다.

공자가 진정으로 큰 인물임을 왕손가는 이때서야 할 수 있었다. 그리고 얼마 후 진晉나라 조간자趙簡子가 공자를 맞기 위해 위나라로 사자를 보냈을 때 왕손가는 직접 국경까지 공자를 배웅하며 그의 가르침을 한 마디라도 더 익히려고 노력했다.

덕은 외롭지 않다. 반드시 이웃이 있다.

광에서의 반란

공자는 광이라는 곳에서 위태로운 지경에 빠졌을 때 말하였다.
"문왕은 이미 돌아가셨지만 그가 남긴 문화는 내게 전해져 오고 있지 않느냐? 하늘이 그의 문화를 없애려 했다면, 후세의 사람들이 그 문화를 나누어 갖지 못했을 것이다. 하늘이 그 문화를 없애지 않으려고 하는 이상, 광인들이 나를 어찌하겠느냐?"

_자한편 子罕篇

안각顔刻은 마부 자리에서 손을 들어 무너져 가는 성벽의 한쪽 귀퉁이를 가리키며 말했다.

"그래요, 지금 생각해 보니 지난번에 양호陽虎를 따라왔을 때에는 저쪽으로 들어갔던 것 같아요."

공자 일행은 위나라에서 진陳나라로 가는 도중에 광匡의 성문에 당도하였다.

"그때 양호가 난폭한 짓을 많이 했다더군."

공자는 마차의 창문을 통해 주변의 경관을 둘러보면서 감개가 깊은 듯이 말하였다. 양호란 노나라의 대부인 계씨의 신하였는데 음모를 꾀하다 실패하자 국외로 도망치고, 이어 광에

침입하여 포악한 짓을 한 사내이다.

"네, 약탈을 하고 부녀자를 가둬 두는 등 지독했어요. 광 사람들은 지금도 원망하고 있을 걸요?"

"너도 그들로부터 원망을 받고 있는 사람 중의 하나 아니냐?"

"부끄럽습니다. 그러나 그때는 어쩔 수 없었어요. 따라가기를 거절하면 살아남지 못했을 테니까요."

"그래? 그래서 너도 함께 난폭한 짓을 했단 말이지?"

"아니요, 난폭한 짓만은 하지 않았어요. 믿어 주십시오. 제가 양호에게서 도망쳐 온 것만을 보아도 알 수 있지 않습니까"

이런 이야기를 하는 동안 일행은 성문을 통과하여 예정된 숙소에 이르렀다.

얼마간은 아무 일도 없었다. 그런데 저녁 식사를 마치고 일행이 잠시 휴식을 취할 무렵, 대문 밖이 갑자기 소란스러워지기 시작했다. 제자들이 이상하게 생각하여 달려 나가 보니 어느 틈엔지 무장한 병사들이 담장 주위를 완전히 에워싸고 있었다.

"무슨 일이 일어났소?"

제자 중의 한 사람이 겁을 먹은 얼굴로 대문 옆에 서 있는 병사에게 물었다.

병사는 흘깃 쳐다보기만 할 뿐 대답을 하지 않았다. 그저 다른 병사에게 소곤소곤 귓엣말을 할 뿐이었다. 귓엣말을 전해 들은 병사는 두세 번 고개를 끄덕이고는 이내 어디론가 달려가 버렸다.

제자들은 어쩐지 으스스한 느낌이 들어 잠시 주위를 살펴보았다. 그러자 조금 전에 귓엣말을 전해 들은 병사가 대장으로 보이는 수염투성이 사내와 함께 돌아왔다.

"명령이 있을 것이다. 그때까지는 이 집에서 한 사람도 문 밖으로 내보내면 안 된다, 알겠나?"

굳은 얼굴을 한 수염투성이 사내가 병사들을 바라보며 말하였다. 그는 이어서 공자의 제자들을 하나하나 뚫어지게 쳐다보았다.

제자들은 아직 이런 일이 일어난 까닭을 알 수 없었다. 그러나 자신들과 관계가 있는 일인 것만은 짐작할 수 있었다. 그들은 급히 안으로 들어가 모두에게 이 상황을 알렸다.

"뭔가 잘못된 일이 있는가 보구나. 우리와 관련 있는 일은 아닐 것이다. 아무튼 모두 들어가 쉬어라. 용무가 있으면 저 사람들이 알려 올 테지."

공자는 아무렇지도 않은 듯 이렇게 말하고는 자기 방으로 들어갔다.

그러나 제자들은 마음이 그렇지 않았다. 특히 안각은 불안한 듯이 몇 번이고 창 밖을 내다보았다.

"내가 무슨 일인지 알아보고 오겠소."

자로가 더는 견딜 수 없다는 듯, 허리에 검을 찬 채 밖으로 뛰쳐나갔다.

잠시 후에 돌아온 그는 상당히 흥분한 상태였다.

"말도 안 되는 일이 벌어졌어. 저 사람들은 스승님을 양호인 줄 알고 있어."

"뭐, 양호라고?"

제자들은 모두가 어처구니 없어했다.

"그래요. 오늘 마차에 분명히 양호가 타고 있는 것을 보았다는 거요."

"어떻게 그럴 수가."

"하지만 무리도 아니지. 어찌 된 셈인지 스승님의 얼굴은 우리가 보기에도 양호와 똑같아 보이잖아요."

"그래도 그렇지. 수행원의 모습을 보면 알 수 있었을 텐데……."

"그런데 그 수행원에게도 책임이 있어요."

"뭐요, 우리에게요?"

"아니, 모두에게 하는 말이오. 안각이 마부 자리에 앉아 있었잖소. 그게 잘못이었던 겁니다."

"그렇군요. 그래서 양호를 수행해 온 줄 알았던 모양이군요. 설상가상 스승님의 얼굴이 양호와 똑같으니 의심을 거둘 수 없었던 거겠죠."

안각은 맥이 빠진 듯한 얼굴로 이들의 이야기를 듣고 있었다.

"하지만 공자 일행이라고 알려 주면, 착오였음을 금방 알지 않을까요?"

"그게 그리 간단치 않은가 봐요. 이 고장 사람들이 양호에게 워낙 깊은 원한을 품고 있어서 기만당하여 놓쳐 버리기라도 하면 마을 주민들이 용서하지 않을 거라 생각하고 있어요."

"하지만 스승님이 그들 앞에 나타나 말씀하시면 끝까지 양호라고 우기지는 않겠죠?"

"글쎄요, 반드시 그렇지도 않을 것 같은데요. 이 고장에서 양호의 얼굴을 제일 잘 알고 있는 간자簡子라는 사내가 스승님을 양호라고 고집한다고 하네요."

"그러면 우리는 어떻게 해야 하는 거죠? 이렇게 우물쭈물하고 있다가 쳐들어오면 잡힐 수밖에 없잖아요."

"그렇게 난폭한 짓은 하지 않을 거예요. 정말 공자 일행이라면 무례한 짓을 해서는 안 되니까 지금은 행동을 삼가고 있나 봐요."

"그래도 읍에는 스승님의 얼굴을 알고 있는 사람이 한 사람쯤 있을 법한데요."

"그런 사람이 있으면 문제가 없죠. 그런데 일이 어려워지느라고 그러는지 안각이나 양호의 얼굴은 아는 사람이 있는데 스승님을 만나 본 적이 있는 사람은 하나도 없나 봐요."

"그럼 어떻게 하려는 거죠?"

"공자 일행임을 분명히 알 수 있을 때까지 이대로 가둬 둘 작정이랍니다."

"아니, 세상에! 대체 언제까지 기다리라는 말입니까?"

"조사하는 데 적어도 3, 4일은 걸릴 거라고 말하더군요. 사람들을 사방으로 내보냈답니다."

"답답하군요."

"할 수 없어요. 이것도 천명일 겁니다. 하지만 너무 오래 끌면 우리에게도 생각이 있다고 말해 두었어요."

"잘 하셨어요."

"그런데 스승님은 주무시고 계십니까?"

"아직 주무시지 않을 텐데……."

"그렇다면 스승님에게도 이 상황을 알려드려야겠네요."

자로는 이렇게 말하며 공자의 방으로 들어갔다.

제자들은 자로가 나가자 갑자기 입을 다물고 서로의 얼굴만 마주 보았다. 이따금 병사들의 떠드는 소리가 담장 밖에서 들려 오고 있었다. 안각은 그 소리를 들을 때마다 제자들의 얼굴을 흘끔흘끔 둘러보았다.

자로가 다시 들어왔다.

"스승님은 우리에게 너무 따지지 말고 조용히 기다리라 하시는군요. 스승님은 안연의 일로 걱정하고 계실 뿐이에요."

안연은 일행에서 뒤처져, 그날 밤 늦게 도착하기로 되어 있었던 것이다.

"아, 그렇군요. 안연의 일을 깜박 잊었네요. 이제 도착할 때가 되었는데 어쩌죠? 상황을 알지 못하고 우리 숙소를 찾아다니면 일이 잘못될지도 모르는데……."

"사려 깊은 사람이니까 별 일은 없으리라 생각됩니다만……."

"그렇지만 이런 일이 일어나고 있을 줄은 꿈에도 생각 못하고 있을 테니까요."

"어떤 방법이라도 강구해야 하지 않을까요?"

"방법이라니 어떤 방법 말이오?"

"누군가 살며시 성문 부근으로 나가서……."

"그건 불가능해요. 이렇게 엄중히 에워싸여 있는데……."

"우리가 그들 대장과 상담을 해 보는 것은 어떨까요."

"도리어 긁어 부스럼이 될지도 모릅니다."

제자들은 제각기 이러한 얘기들을 하며 떠들기 시작하였다.

그때까지 한 마디도 하지 않고 팔짱을 낀 채 생각에 잠겨있던 민자건이 처음으로 입을 열었다.

"안연은 우리보다 지혜로워요. 스승님은 안연을 위해 우리가 무슨 방법을 강구하기를 바라지 않으실 겁니다."

그때까지 아무 말도 없었던 염백우와 중궁 두 사람도 민자건의 말이 끝나자 같은 뜻을 표했다. 그러자 자로가 말하였다.

"실은 스승님도 그렇게 생각하고 계십니다. 걱정은 되지만 우리들이 어떤 계책을 마련하기보다 당사자에게 맡겨 두라고요. 그편이 도리어 안전할 것이라 말씀하시더군요."

제자들은 공자가 누구보다도 안연을 신뢰하고 있음을 알고 있었다. 제자들 중의 어떤 이가 공자가 예전에 했던 말을 생각해 냈다. 그때 공자는 이렇게 말했었다.

"안연은 종일 이야기를 하고 있어도 내가 하는 말을 듣고 있을 뿐이어서, 얼핏 어리석은 것처럼 보이지만 그렇지 않다. 그는 묵묵히 실천하는 자기 건설자이다. 이러한 처지에 놓여 있어도 언제나 스스로의 길을 발견하며 과오를 저지르지 않는 인간이야. 그는 결코 어리석지 않다."

그래서 공자의 뜻을 거스르면서까지 안연을 위해 수단을 강구하자고 제의하는 사람은 더 이상 없었다.

"그러면 오늘밤에는 이대로 잠을 청하는 수밖에 없단 말인가요?"

"잠을 청해도 잠이 올 것 같지 않군요."

"그러게요. 마음이 안정이 안 되는군요."

제자들은 이 상황에 대한 이런저런 기분을 서로 이야기하면서 얼마 동안 그대로 앉아 있었다. 그러나 언제까지 그러고 있을 수도 없기 때문에 제각각 흩어져 잠자리에 들었다. 하지만 문 밖의 상황에 신경이 쓰여 거의 모두가 하룻밤을 거의 뜬눈으로 보냈다. 병사들의 발걸음 소리는 밤새도록 들렸으나 안연은 끝내 나타나지 않았다.

　포위는 다음날도 그 다음날도 풀리지 않았다. 제자들의 불안감은 시시각각으로 더해 갔다. 공자를 비롯하여 5, 6명의 고제高弟들은 침착함을 유지했지만 안연의 소식을 알 수가 없어 답답함을 금치 못했다. 이따금 공자의 입에서도 희미한 한숨 소리가 새어 나왔다. 그것을 들으니 제자들이 더욱 견딜 수가 없었다.

　자로는 다른 이들보다 좀 더 초조해 보였다. 그래서 공자는 끊임없이 그의 태도에 신경을 쓰며, 되도록 그의 마음을 안정시키려고 노력하였다. 공자는 악기를 연주하고 노래를 부르며 자로에게 합창하도록 명하곤 했다.

　4일째 되는 날 밤중의 일이었다. 공자와 자로가 제자들에게 둘러싸여 언제나처럼 노래를 부르고 있는데, 느닷없이 안연이 모습을 나타내었다. 공자는 노래가 끝날 때까지 기다릴 수가 없어 뛰어오르듯이 그에게로 달려갔다.

　"무사히 왔구나. 무사히 왔어. 나는 네가 죽은 줄 알았다."

안연은 눈물을 글썽이며 대답하였다.

"스승님이 아직 살아 계시는데, 어떻게 제가 먼저 죽을 수 있겠습니까?"

제자들도 모두 반가이 일어섰으나 두 사람의 말을 듣고는 그림처럼 조용해졌다.

"자, 앉거라."

공자는 안연의 손을 잡고 자리에 앉혔다. 그리고 지난 사흘 동안 어디서 어떻게 지내고 또 어떻게 병사들의 포위망을 뚫고 집 안에 들어올 수 있었는지 물었다.

안연이 답했다.

"그날 밤 성문에 들어서자 이내 대체적인 분위기를 알 수 있었습니다. 그래서 모르는 척하고 다른 숙소에 들기로 했지요. 그리고 스승님 일행이 위나라에서 진나라로 가시는 도중에 이곳을 통과하셨으리라는 말을 지난 나흘 동안 되도록 많은 사람들에게 들려 주었습니다. 그러는 동안에 이 숙소에서 거문고 소리가 들리기 시작했어요. 정말 감동적이었습니다. 주민들 중에는 그 소리를 듣고 이는 양호가 아니다. 양호가 저렇게 훌륭한 음악을 연주할 수 있을 리가 없다고 말한 사람도 있었습니다. 그래서 저도 조금 마음이 놓여 대장에게 사정을 이야기하고 숙소에 들어가게 해 달라고 했더니, 의외로 쉽게 승낙을 해 주었습니다. 실은 집안에 들어가는 건 상관없지만 일단 들어가면 못 나오게 될지도 모른다고 위협을 하더군요."

말을 마친 안연이 싱긋 미소를 지었다. 제자들은 안연의 말을 듣고는 상황이 좋게 흘러가는 듯하여 조금 마음이 놓였다.

공자는 오랜만에 밝은 미소를 지어 보였다.

"이제 모두 모였구나. 오늘밤에는 푹 쉬어야겠다. 앞으로 어떻게 되든 모두 함께 있으니 마음이 편하다."

공자가 이렇게 말하며 일어서려 할 때였다. 대문에서 갑자기 욕을 퍼부으며 떠드는 소리가 들려 왔다.

"양호야! 어쨌든 양호임에 틀림없어!"

"만일 공자 일행이면 어떻게 하겠소?"

"만일이고 나발이고 간에 우리의 재산과 땅을 엉망으로 만든 양호 놈이 틀림없어. 그놈의 얼굴은 내 이 두 눈으로 똑똑히 봤어!"

"이제 하루 남았소. 지금까지도 참아 왔으니 내일까지 기다려 주시오."

"내일까지 기다리면 틀림없이 우리에게 넘겨 주겠소?"

"대장의 명령이 있어야겠죠."

"그것 봐. 우물쭈물 우리를 속이려 하면 안 돼요."

"속이는 게 아녜요. 지금 조사 중이라니까. 내일까지는 틀림없이 밝혀질 겁니다."

"무슨 놈의 조사야, 조사는. 저놈들의 음악 소리에 현혹되어 대장 자신이 공자 일행임에 틀림없다고 말하는 판국에. 그런 조사라면 집어치워요."

"음악만으로 결정하려는 게 아니오. 소문을 들어 보세요. 공자가 이곳을 틀림없이 통과할 거라 하지 않소."

"그것도 2, 3일 전부터 이상한 놈이 이 근방을 돌면서 퍼뜨린 걸 거요."

"그뿐만이 아니오."

"그럼 또 어떤 증거가 있소?"

"증거는 대장이 갖고 있어요."

"거 봐, 모르고 있잖아. 알지 못하면 물러나 있어요. 우리가 알아서 할 테니. 자, 모두들 쳐들어갑시다!"

"기다리라니까!"

"왜 손찌검이야!"

"명령이야!"

"뭐야!"

두 세력은 옥신각신하다 충돌하기 시작한 모양이다. 군중의 함성과 그것을 제지하려는 병사들의 고함 소리, 요란하게 뛰어다니는 발걸음 소리, 물건을 던지는 소리 등이 시끄럽게 들려 왔다.

제자들의 얼굴이 모두 새파랗게 질려 있었다. 몸을 부들부들 떨고 있는 사람도 있었다.

제자들에게 둘러싸인 공자가 잠시 눈을 감고 생각에 잠기더니 조용히 눈을 뜨고는 제자들의 얼굴을 둘러보았다.

"두려워할 거 없다. 모두 자리에 앉아라."

그는 이렇게 말하고 자리에 앉았다.

제자들도 자리에 앉았다.

공자는 진지하면서도 부드러운 어조로 말하기 시작했다.

"문왕文王이 돌아가신 후에는 내가 옛 성인의 도를 계승하고 있다. 나는 그렇게 믿고 있어. 그리고 이것은 바로 하늘의 뜻이지. 영원히 도를 전하려는 하늘의 뜻의 나타남이야. 만일 도를 소멸시키려는 게 하늘의 뜻이라면 무엇 하러 후세에 태어난 내가 시서예악에 친숙해졌겠는가. 하늘은 틀림없이 나를 지켜 주실 것이다. 아니, 나의 이 큰 사명을 지켜 주실 것이다. 하늘의 뜻에 따라 도를 지키며 키우려는 나를 광 사람들이 대체 어찌하겠다는 말인가. 모두들 안심하고 있거라."

공자의 말에 엉거주춤한 자세로 앉아 있던 제자들은 겨우 편안한 자세로 돌아갔다. 공자는 계속 말을 하였다.

"인간이라는 것은 모름지기 마음 깊은 곳에서만큼은 도를 구하고 덕을 사모하고 있는 법이다. 그러니까 덕은 결코 고립되는 일이 없어. 아무리 쓸쓸해도 덕을 지켜 나가고 있는 동안에는 누군가가 반드시 이에 감응하여 손을 잡으려 한다. 광 사람들도 같은 인간이다. 그들은 지금 양호를 미워하는 것이지

나를 미워하고 있는 것이 아니다. 걱정할 것 없다. 하늘을 믿고 자기를 믿으며 올바로 살아가기만 하면, 도는 자연스럽게 열리는 법이야."

문 밖의 소란은 좀처럼 가라앉지 않았다. 그에 반해 방 안은 숨 소리 하나 들리지 않을 만큼 고요했다.

공자는 이야기를 끝내며 다시 한번 제자들의 얼굴을 찬찬히 둘러보았다. 그러자 한쪽 구석에 웅크리고 앉아 있는 안각이 보였다. 그가 미소지으며 말하였다.

"안각도 아직 무사해서 다행이야."

안각은 몸을 더 웅크렸다.

"그러면 자로……."

공자는 여전히 미소 지으면서 자로를 돌아보았다.

"다시 함께 문왕의 노래를 불러 볼까?"

자로는 땀이 배어 나올 만큼 꼭 쥐고 있던 칼집을 두드리면서 박자를 맞추기 시작했다.

두 사람의 입에서 이윽고 낭랑한 노랫소리가 흘러나왔다. 제자들은 잠시 그 노랫소리에 귀를 기울이고 있다가 함께 노래를 부르거나 칼집을 두드리곤 했다.

별이 반짝이는 밤하늘 밑에서 문 밖의 소음과 방 안의 선율이 꽤 오랫동안 뒤얽혀 다투고 있었다. 그러나 어느 순간 소음이 선율에 압도당하더니 한 시간쯤 지나자 자장가 소리라도 되는 듯 광 사람들이 깊은 잠에 빠져드는 듯했다.

 이튿날에는 대장을 비롯한 광의 관리들 5, 6명이 공손한 태도로 공자에게 면회를 요청하였다.

 누구보다도 기뻐한 사람은 안각이었다. 그 날 공자 일행은 출발할 수 있었다. 출발할 때 안각은 공자 마차의 마부석만큼은 앉으려고 하지 않았다.

군자는 걱정하지 않고 두려워하지 않는다.
남의 생각에 신경이 쓰이는 것은 아직 마음속에 어두운 데가 있기 때문이다.

사마우의 번민

사마우司馬牛가 두려운 듯이 말했다.
"남들은 모두 착한 형제를 두고 있는데 나만 없어요."
이에 자하가 말했다.
"나는 들은 바 있습니다. 생사는 운명에 달려 있고, 부귀는 하늘에 달려 있어요. 군자로서 경건하며 과실이 없고, 남에게 공손하게 예의를 지키면 천하에 있는 사람이 모두 형제입니다. 군자가 어찌 형제 없음을 근심하겠습니까?"

_안연편顔淵篇

사마우는 공자의 일행보다 뒤에 처져서 터벅터벅 따라가고 있었다. 한 발짝 옮길 때마다 그는 기분이 더욱 더 우울해졌다. 친하게 대화를 나누는 동료들이 부러울 뿐이었다. 그도 함께 어울려 가고 싶은 마음은 간절했지만, 공자 일행이 송나라에 머무르지 않고 이렇게 떠나가는 것이 형인 환퇴桓魋의 무도한 행동 때문이라고 생각하자 자연히 우울해져 뒤에 처지곤 한다.

'형은 왜 그처럼 난폭할까.'

그는 그렇게 생각하며 깊은 한숨을 쉬었다. 하지만 한편으로는 위기에 직면했을 때 공자가 한 말을 생각해 내고는 마음을 다잡았다.

"나는 이 덕을 하늘로부터 부여받고 있다. 만일 나에게 뜻밖의 일이 생기면 그것은 오로지 하늘의 뜻이다. 환퇴 따위의 힘으로는 나를 어떻게 할 수가 없을 것이다?"

'이 얼마나 자신 있는 말인가. 그러나 공자는 인사를 다하여 예를 갖추고 천명을 기다리듯이 옷을 갈아입고 가마도 타지 않은 채 몰래 떠났다. 이 얼마나 사려 깊은 행동인가. 아마 형은 자신의 위세를 두려워하여 공자가 달아났다고 생각할지 모르지. 하지만 공자는 원래 형을 인간으로 취급하고 있지도 않았어.'

인간으로 취급되지 않는 형! 생각하기만 해도 섬뜩한 느낌이 든다. 둘째 형인 자기子頎나 셋째 형인 자차子車도 마찬가지이다.

'왜 나의 형제는 두 이렇게 악한 사람들뿐일까? 송나라가 이토록 불안한 상태에 놓여 있는 것도, 다 이 세 사람이 자신의 힘을 믿고 무도한 짓을 꾀하고 있기 때문이다. 아! 그런데 공자는 자신에 대해 어떻게 생각하고 있을까?'

사마우는 자신은 진지하게 공자의 가르침을 받기 위해 일행에 낀 것이었지만, 그들의 시선이 자신에게 이따금 집중되는 것을 보면 형제들 때문에 의심받고 있는 듯한 느낌이 든다. 핏

줄은 속일 수 없다고 그들의 시선은 말하는 듯했다.

 '공자만은 그렇지 않으실 거야. 하지만 나와 시선이 마주칠 때 금세 눈을 돌리시는 까닭은 무엇이지?'

 생각할수록 모든 것이 싫어졌다.

 '차라리 이대로 산 속으로 도망쳐 버릴까? 하지만 그렇게 되면 더욱 의심받을 뿐이겠지. 형들이 있는 곳으로 돌아갔다고 생각하게 만들 바에는, 차라리 그들로부터 발길질을 당하는 편이 나아.'

 이러한 생각을 하고 있는 동안에 사마우는 일행으로부터 백 걸음이나 뒤떨어져 버렸다. 아무도 그를 돌아다보지 않았다. 일부러 그러는 것처럼 생각되어 그는 마음이 더욱 쓸쓸해졌다. 급히 뒤따라 붙고 싶은 생각도 들지 않았다.

 완연한 가을이다. 해질녘의 차가운 바람이 갑자기 옷깃을 스쳐간다.

 완만한 고갯길로 접어들어 일행은 이미 고개를 넘어가고 있다. 그들의 모습이 차례차례 시야에서 사라지고, 마지막 한 사람마저 사라져 버리자, 사마우는 갑자기 눈시울이 뜨거워지면서 자기도 모르게 눈물이 흘러내렸다. 엉엉 소리 내어 울고 싶어졌다.

 "빨리 와요!"

 자하의 목소리다. 자하가 다시 고개로 되돌아와 사마우를 부른 것이다.

사마우는 급히 눈물을 닦았다. 그리고 애써 무심한 척하며 바삐 걸었다.

"발이 아픈가요?"

"아뇨, 괜찮아요."

"이야기하는 데 정신이 팔려 당신이 뒤떨어지고 있는 걸 깨닫지 못했어요. 스승님이 주의해 주셔서 모두들 비로소 알았어요."

자하의 말에는 아무런 거리낌이 없었다. 사마우는 기분이 조금 나아졌다. 공자가 처음으로 자신을 찾았다는 것은 그에게 기쁜 일이었다. 그러나 그는 쓸쓸하게 미소지을 뿐이었다.

"힘이 없어 보이는군요."

그와 나란히 걸어가면서 자하가 말했다. 공자 일행은 멈춰서서 두 사람이 고개 위에 나타나기를 기다리고 있었다. 그러나 두 사람이 나란히 고개를 내려오기 시작하자 금방 다시 걸어가기 시작했다.

"나는 쓸쓸한 기분이 들어요. 그래서 그렇게 보일지도 모르겠네요."

사마우는 한참 만에 이렇게 대답했지만, 그래도 그의 가슴은 더욱 아파 왔다.

"당신의 기분은 이해할 수 있어요. 하지만 당신에게는 죄가 없잖아요. 우리는 오히려 당신을 안쓰럽게 생각하고 있어요."

"……."

얼마동안 침묵이 계속되었다. 사마우는 두세 번 한숨을 쉬고는 말을 하였다.

"이제 내게는 형제가 없어요. 모두들 좋은 형제를 갖고 있는데, 내게는 없어요."

이번에는 이 말을 들은 자하가 한숨을 쉬었다. 그러나 그는 이내 미소지으면서 사마우를 위로했다.

"그러한 감상에 빠지면 안 돼요. 스승님이 언제나 말씀하신 것처럼 생사나 부귀가 천명이라면, 형제의 인연이 없는 것도 천명이에요. 서로 존경하는 마음으로 살아가려고 노력하면, 세상의 어디서나 형제는 발견할 수 있습니다. 육친의 형제만 형제인가요. 바로 당신 눈 앞에 마음의 형제들이 걸어가고 있잖아요?"

"과연 그들이 정말 나를 형제라고 생각해 줄까요?"

"새삼스레 무슨 말을 하고 있는 거요? 당신은 스스로를 쓸모없게 만들려 하고 있어요. 좀 더 자신을 가져요."

사마우의 발걸음은 조금 가벼워졌다.

"자, 일행과 함께 걸어갑시다."

자하는 사마우를 재촉하면서 성큼성큼 걸어가기 시작하였다.

두 사람은 언덕 아래 다리 옆에서 일행과 합류하였다. 그들은 거기서 잠시 휴식을 취했다. 재아와 자공은 우뚝 선 채로 토론을 계속하고 있었다. 자유와 자하는 주위의 경관을 바라보면서 시를 읊었다. 자로와 염유는 오늘밤에 머무를 숙소에 관해 얘기하고 있었다. 안연과 민자건·염백우·중궁 네 사람은 나란히 바닥에 앉아 있었지만 각기 다른 생각에 잠겨 있는 듯했다.

공자는 조금 떨어진 곳에 앉아 가만히 물을 들여다보고 있었다.

사마우는 잠시 일행들을 둘러보다가 결심한 듯 공자에게로 다가갔다.

공자는 그를 보고 조용히 고개를 들어 미소를 지었다.

"걱정을 끼쳐드려 죄송합니다, 스승님."

"어디 불편한 데는 없었느냐?"

"네, 없습니다. 잠시 무슨 일을 생각하느라 그랬습니다."

"생각을?"

공자의 표정이 흐려졌다. 사마우는 자신의 번민을 털어놓을 작정이었지만 이미 공자가 자신의 마음을 꿰뚫어 보고 비난하고 있는 듯하여 평소 생각하고 있던 질문을 던졌다.

"스승님, 군자란 무엇입니까?"

공자는 그 질문에 잠시 눈을 감고는 천천히 대답했다.

"군자는 걱정하지 않고 두려워하지 않는다."

군자에 대한 설명으로는 조금 싱거운 듯한 느낌이 들었으나, 한편 깊은 뜻이 있는 듯하다고도 사마우는 생각했다.

그는 다시 물었다.

"걱정하지 않고 두려워하지 않기만 하면 군자라 할 수 있을까요?"

"그것은 누구나 할 수 있는 일이 아니다. 스스로 반성하여 허물이 없는 사람만이 할 수 있는 것이지."

사마우는 공자가 하는 말의 의미는 이해했다. 하지만 아직 그 말뜻을 자신의 문제와 결부시켜 생각하고 있지는 않았다. 공자는 그런 사마우가 안타까운 듯이 말을 이었다.

"남의 생각에 신경이 쓰이는 것은 아직 마음속에 어두운 데가 있기 때문이야."

사마우는 섬뜩한 느낌이 들었다.

'나에 관한 일이었구나.'

마음에 어두운 데가 있다는 말이 그의 신경을 자극했다. 공자는 그것을 간과하지 않았다. 그리고 사마우가 변명을 하려는 것을 제지하려는 것처럼 이렇게 말했다.

"네가 형제들의 나쁜 행동과 관련이 없음은 네 자신의 마음에 물어봐도 의심할 여지가 없는 일이지. 그런데 왜 너는 그처럼 우물쭈물하고 있는 게냐? 왜 거지처럼 남들의 비판만을 요구하는 거지? 그것은 네가 네 자신만을 사랑하기 때문일 것이다. 하지만 우리에게는 그 밖에도 할 일이 많이 있지 않느냐?"

사마우는 지금까지의 번민이 일시에 날아가 버리는 기분을 느꼈다. 하지만 이제 그는 더욱 큰 번민과 마주칠 준비를 하지 않으면 안 되었다. 인간의 커다란 길이 바위처럼 그의 앞에 가로놓여 있음을 발견한 때문이었다.

가까운 곳에 있는 사람들이 기뻐 따르고
먼 곳에 있는 사람들이 덕을 따라와야 한다.

공자와 섭공

섭공이 공자에게 말했다.
"우리 마을에 궁이라는 강직한 사람이 있는데, 그는 자기 아버지가 남의 양을 훔친 것을 고발했소."
이에 공자가 말하였다.
"우리가 말하는 강직이란 그러한 것이 아니오. 어버이는 자식을 위해 숨기고, 자식은 어버이를 위해 숨겨 주는 것입니다. 강직은 그러한 부자 간의 애정 속에 있어야 하는 것입니다."

_자로편子路篇

섭공 심제량沈諸梁은 공자가 제자들을 데리고 자신의 나라를 찾아온 후부터 심기가 불편했다. 그는 아직 공자를 만나지 않고 있었다. 실은 별로 만나고 싶지 않은 것이다.

섭葉은 나라라고는 해도 원래 초楚나라의 한 지방에 지나지 않는다. 하지만 초나라가 후국侯國이면서도 왕을 참칭하고 있는 것을 모방하여, 그도 스스로 공公이라 일컫기로 한 것이다. 공자가 그것을 좋지 않게 생각할 것임에는 틀림없고, 어쩌면 그와 대면하는 자리에서 그것을 거론할지도 모른다. 이러한 생각을 하자 심기가 불편해진 것이다.

게다가 그는 선왕先王의 도를 진지하게 자신의 나라에 적용하고픈 생각이 없었다. 오히려 말뿐인 도덕론 따위는 요즘 세상에서 정치의 방해가 될 뿐만 아니라 겉치레 이론이라면 굳이 공자의 말을 들어 보지 않아도 자신도 상당히 터득하고 있다고 생각했다.

'공자를 만나면 정면으로 반대할 수 없는 방책을 제의해 오겠지. 하지만 그 이야기에 잘못 말려들었다간 큰일이다. 백성들은 귀가 밝으므로 그게 금세 실현될 줄 알고 헛되이 기뻐할 테지. 이 헛된 기쁨이라는 것이 정치에서는 큰 해독을 가져오는 게야. 아이들도 먹을 것이 없을 때는 얌전하게 있지만 일단 먹을 것을 보여 주면 주지 않고는 감당할 수 없을 만큼 소란스럽지 않은가 말이다.'

실제로 백성들은 공자가 찾아왔다는 말만 듣고도 이제 이 나라의 정치가 잘 되리라고 이야기들을 하고 다녔다. 그러니 그가 공자를 직접 만나서 여러 가지 지도를 받았다고 하면 어떤 분위기로 변해갈지 알 수 없는 노릇이다. 긁어 부스럼이 될 일은 피하는 것이 상책일 듯했다.

하지만 그토록 평판이 좋은 사람이 일부러 이 나라에 찾아왔는데 모르는 척한다는 것도 마음에 걸렸다. 만일 백성들로부터 성의를 의심받는다면 결과가 좋지 않을 터였다. 이웃 나라에 대한 면목도 일단은 생각해 보아야 한다. 만일 섭은 소국

이므로 성인을 대우할 줄 모른다느니, 공자가 완전히 단념하여 만나지도 않고 상대를 하지 않았다느니 하는 소문이라도 이웃 나라에 떠돌게 되면 그야말로 치욕이다. 또 그러한 일은 외부로부터 모욕을 당하는 원인이 되기 쉽다. 그러다 일견 다른 생각도 들었다.

'하지만 어느 나라든 공자를 기꺼이 맞아 주지는 않은 것 같다. 그의 고국인 노나라에서 그를 중용하긴 했지만, 지금은 거의 돌보지 않고 있지 않은가. 어쩌면 성인이라는 소문은 말뿐이고 실은 특출한 인물이 아닌지도 모르지. 만일 그렇다면 도리어 만나는 편이 나을 것이다. 만나서 가면을 벗겨 놓으면 백성들도 안심할 테지.'

그리고 보니 한 가지 납득이 가지 않는 점이 있다. 처음으로 남의 나라를 방문했으면, 아무리 성인이라도 아니, 성인이면 더욱 그 나라 군주에게 자진하여 알현을 간청하는 것이 예의일 것이다. 그런데 제자인 자로 따위를 보내어 용무도 분명히 알 수 없는 태도로, 마치 일국의 군주를 낚으려는 듯한 짓을 하고 있다.

'나라가 작다고 얕보고 있는 것인가.'

그는 문득 이런 생각이 들었지만 군주의 자격은 나라의 크고 작음과는 관계가 없을 것이다. 더욱이 그는 자로라는 자가 마음에 들지 않았다. 공자가 어떤 인물인가고 물어보아도 오만한 태도를 보이며 제대로 대답도 하지 않았던 것이다.

　나중에 공자가 "침식을 잊고 정진 노력하고, 한결같이 도를 즐기며, 늙어 가는 것조차 알지 못하고 있다고 대답하지 그랬느냐?"고 했다는데, 그러한 말을 하는 것을 보면 더욱 엉뚱한 놈 같다는 생각이 들기도 했다.

　'그렇지만……'

　그의 생각은 다시 처음으로 되돌아갔다. 그는 열심히 공자를 무시하려고 노력해 보았다. 하지만 노력하면 할수록 아직 만나 보지 않은 그 모습이 무겁게 그의 가슴을 압박해 왔다. 그는 자신의 궁전 한가운데에 별안간 산이 만들어지고 그것이 날마다 커져 가는 듯한 느낌을 벗어날 수가 없었다.

　일부 중신들 중에는 섭공이 공자를 만나 보지 않는 것을 내심 기뻐하는 사람도 있었다. 그러나 그들은 그러한 생각을 입 밖에 내려고 하지 않았다.

　반면 진실한 중신들은 섭공의 우유부단한 점을 걱정하였다. 상대가 너무 위대하여 섭공이 기가 죽어 있는 모양이라고 생각하여 넌지시 그를 격려하였다. 그러나 섭공에게는 신하로부터의 격려가 일종의 모욕으로 느껴졌을 뿐이다.

　'두고 봐라, 단번에 공자를 납작하게 만들어 보일 테니.'

　그러나 공자를 납작하게 만들 만큼 훌륭한 소견이 그의 머릿속 어디에도 준비되어 있지 않았다. 그는 초조한 기분으로 십여 일을 보내고 말았다.

그 동안에 여론을 의식한 진지한 중신들은 자신들만이라도 공자를 만나 보는 편이 낫겠다고 생각하였다. 그래서 번갈아가면서 공자의 숙소를 방문하여 가르침을 받았다. 젊은 관리나 아직 뜻을 이루지 못하고 있는 청년들이 그 뒤를 이었다. 순식간에 공자의 숙소는 문전성시를 이루게 되었다. 그리고 그의 명성은 나날이 높아갈 뿐이었다.

이러한 일들이 일어나자 섭공은 더욱 불리해졌다. 마침내 이런 말이 떠돌았다.

"섭공은 아무래도 성인을 만날 수 없을 만큼 뒤가 켕기는 모양이다."

진실한 중신들은 내버려 둘 수 없다고 생각하여 유언비어를 단속하는 동시에 섭공에게도 이를 알렸다. 섭공은 불쾌하게 여기며 "제멋대로 공자를 방문한 너희들이야말로 그 책임을 져야 한다."라고 말하고 싶었다.

그러나 그는 가슴이 메스꺼워져 오는 것을 겨우 억누르고, 그들이 만나 본 공자의 인품에 대한 견해를 계속해서 들었다 행여 공자의 결점이라고 생각되는 것을 그들의 말 속에서 찾을 수 있을까 하는 마음에서였다. 그러나 이러한 시도는 물거품이 되고 말았다. 그들은 입을 모아 공자를 찬양할 뿐이었다.

'바보 같은 놈들이군.'

그는 속으로만 이렇게 생각하였다. 그러나 자신이 이렇게 생각한다고 해서 그것이 공자와의 회견을 정면으로 거절할 이유가 될 수는 없었다.

"여러분이 그토록 훌륭한 인물이라고 생각한다면 만나 보겠소. 하지만 정치적인 논쟁을 펴서 내가 이긴다면 앞으로는 한 사람도 공자를 방문해서는 안 되오."

그는 아무런 자신도 없었지만 이렇게 큰소리를 치면서 공자와의 회견을 승낙하고 말았다. 날짜도 당장 내일이었다.

그날 밤 섭공은 정말 참담할 정도로 열심히 고심했다.

오늘날까지의 정치적 체험 속에서 스스로 돌아보아 부끄럽지 않은 업적을 찾아내기란 매우 어려운 일이었다. 다만 그에게는 한 가지 자신 있는 것이 있었으니, 그것은 엄벌주의였다. 그 때문에 나라의 법률이 잘 지켜지고 있는 것이다.

하지만 엄벌주의는 백성들이 싫어하는 것이므로 그것을 전면에 내세울 수는 없었다. 그는 되도록이면 엄벌주의를 언급하지 않고, 백성들에게 준법정신이 충만해 있다는 식으로 이야기를 이끌어 갈 방법은 없을까 생각하고 또 생각하였다.

그러다가 문득 수개월 전에 어느 관리로부터 받은 보고 속에 매우 감명 깊은 사건이 있었음을 생각해 내었다.

'그렇지, 그것은 아주 희귀한 사건이었어. 그 이야기를 들으면 누구나 백성들에게 준법정신이 충만해 있어서 얻은 결과라

고 생각할 거야. 아무튼 혈연관계마저 초월하여 국법을 지키려 한 것이니까.'

날이 밝자, 그는 담당 관리를 불러 다시 한번 사건의 내용이 적힌 서류를 상세히 살펴보도록 하였다. 서류에는 다음과 같은 내용이 적혀 있었다.

"모씨는 집을 잘못 찾아온 이웃집의 염소를 모르는 척하고 자신의 것으로 만들어 버렸다. 그러나 그 염소가 이웃집의 것임을 입증할 자료는 하나도 없었다. 그래서 이 사건은 이웃집 사람이 트집을 잡은 것이라고 결말을 내리는 수밖에 없었다. 그런데 모씨의 아들이 일부러 관청에 찾아와 '국법은 어길 수 없습니다. 나는 정직한 것을 사랑합니다.' 라고 말하며, 염소가 집을 잘못 찾아왔던 당시의 사정을 상세히 설명하였다. 관청에서는 법률에 따라 횡령자인 모씨를 엄중히 처벌하는 동시에 아들에게는 소정의 상금을 주기로 하였다."

섭공은 아들이 말한 "국법은 어길 수 없습니다. 나는 정직한 것을 사랑합니다."라는 말을 인상 깊은 부분이라고 생각하였다. 그리고 몇 번이고 그 말을 마음속으로 되뇌면서 공자와 회견할 시각을 기다렸다.

섭공이 공자를 만나 보고 처음으로 느낀 점은 그 풍모가 자신이 생각했던 것보다 쇠약해 보였다는 점이다. 예순 대여섯 살쯤 되어 보이는 그의 얼굴은 햇볕에 그을려 거무스름해 보였다. 의복도 낡고 구겨져서 초라해 보였다. 게다가 예상했던 것과는 달리, 언행이 아주 부드러웠다. 그는 지금까지 자신만 긴장되어 있던 것 같아 우습기까지 했다. 갑자기 가벼운 기분이 되어 버렸다. 그가 빠른 어조로 물었다.

"모처럼 이 나라에 들러 주셨으므로 오늘은 정치에 대한 견해를 듣고자 합니다."

공자는 줄줄이 지껄여 대는 섭공의 말을 가만히 듣고 있다가 천천히 대답하였다.

"영토 가까이에 살고 있는 백성들을 마음으로부터 기뻐하도록 해 주십시오."

섭공은 따끔하게 찔린 듯했으나 공자가 어느 나라에 가든 이런 말을 하리라 생각하니 한편으로는 안심이 되었다.

"백성들은 모두 기꺼이 생업을 영위하고 있습니다. 수도 가까이에 살고 있는 사람들은 더욱 열심입니다."

섭공이 아무런 문제가 없다고 대답하였다. 그러자 공자가 바로 말을 받았다.

"그렇다면 먼 곳에 있는 사람들이 공(公)을 사모하여 가까운 곳으로 옮겨 오는 예가 많겠군요?"

섭공은 오히려 그 반대임을 생각하고는 섬뜩해졌다. 자신의 세력이 미치지 않는 변경으로 이사를 가는 사람들이 많아지고 있었던 것이다. 그는 공자가 꽤 많은 것을 알고 있다고 생각하였다.

"죄송합니다. 우리나라는 아직 거기까지는 이르지 못합니다. 앞으로는 더욱 주의하고자 합니다."

그는 정직하게 고백하는 수밖에 없었다. 그는 되도록 빨리 자신이 준비해 놓은 이야기로 대화를 끌어 가고 싶었기 때문에 이야기를 계속하였다.

"그런데 정치라는 것은 백성을 기쁘게 해 주는 것만이 능사가 아니라, 백성을 올바르게 만드는 일이 무엇보다도 중요하다고 생각합니다만, 어떻게 보시는지요?"

"옳은 말입니다. 정政은 정正이라고 하지 않습니까. 그러나 위에 있는 사람이 무엇이 옳은 일인지 분명히 이해하고 있지 않으면 엉뚱한 결과를 가져오는 수도 있습니다."

"나는 백성을 올바로 이끄는 점만큼은 어느 정도 자신이 있습니다."

섭공은 자신감을 보이려는 듯 당당하게 말했다. 공자는 그런 그를 바라보며 그저 미소를 지을 뿐이었다.

"좋은 일이군요. 진정한 의미에서 그러한 일을 이룩하셨다면 요임금이나 순임금에 비견할 만한 정치를 하신 거죠."

섭공의 눈에 힘이 들어갔다. 공자의 말이 너무 거창하여 기분이 언짢았던 것이다.

공자는 미소를 지으며 이렇게 말했다.

"이 나라의 백성이 어떻게 바른 일을 했는지 예를 들어 주시면 어떻겠습니까?"

섭공은 이만하면 됐다고 생각했다. 하지만 어젯밤에 생각해 두었던 한 가지 예만으로는 부족할 수도 있었다. 그래서 그는 되도록 거드름을 피우며 천천히 이야기를 시작했다.

이야기하는 도중에 공자는 몇 번이고 이마를 찌푸렸다. 섭공은 그것을 볼 때마다 조금씩 자신을 잃어 갔다. 마지막에 어버이를 고발한 아들에게 상금을 준 일만은 도저히 입에 올릴 용기가 없었다.

이야기를 다 들은 공자가 물었다.

"이 나라의 올바른 인간이란 그러한 종류의 인간을 가리키는 겁니까?"

섭공은 이미 패배 의식에 사로잡혀 의자에서 벌떡 일어서 큰 소리로 외쳤다.

"그는 국법을 어기고 싶지 않았던 것입니다. 그는 아버지보다도 정직을 사랑한 겁니다!"

"앉으시지요."

공자는 측은한 얼굴로 그를 바라보며 말했다.

"공께서 정치를 진지하게 생각하신다면, 제가 드리는 말씀을 차분히 들어 주십시오. 공께서는 내게 무리하게 이기려 하십니다. 그건 좋지 않아요. 그래서 이상한 예를 들곤 하십니다. 공께서는 백성의 올바름을 주장하기 위해 그러한 예를 들었지만, 실은 두 명 중의 한 명은 도둑이고 또 한 명은 고발한 사람이라는 것을 말한 것에 지나지 않습니다."

섭공은 입을 반쯤 벌린 채 의자에 털썩 주저앉았다.

"더욱이 그 고발인은 자기 아버지를 고발한 것입니다. 이 나라에서는 그러한 사람을 올바르다고 하는지 모르겠지만 나의 고국인 노나라에서는 이와 다릅니다. 아버지는 아들을 위해, 아들은 아버지를 위해 허물을 덮어 주는 사람만이 진정으로 정직한 사람이라고 믿습니다. 공께서도 내게 이기려는 마음만 버리신다면 틀림없이 같은 생각을 가지실 겁니다."

섭공은 얼굴이 붉어지다 못해 창백해지며 눈꺼풀에 경련마저 일었다. 공자의 말은 더욱 엄숙했다.

"인간의 올바름은 상호 간의 사랑을 보호하며 육성하여 가는 데 있습니다. 법률이 올바르다고 하는 이유는, 법률이기 때문이 아니라 그것이 인간과 인간의 관계를 충만한 것으로 만들 수 있는 범위 내에서 올바른 것입니다. 이를 결코 잊어서는 안 됩니다. 특히 어버이와 자식 간의 사랑은 사랑 중의 사랑이며 인간계의 모든 선미善美한 것을 낳는 근본입니다. 그것을 법률의 이름으로 태연히 유린하는 일을 허용하는 나라에 올바른 도가 이루어지고 있을 리가 없습니다."

섭공은 공자의 가르침을 들으며 고개를 숙였지만, 아직 마음을 비우고 가르침을 받을 기분은 되어 있지 않았다. 그의 창백한 얼굴에는 아직도 반항심이 번뜩이고 있었다. 왜냐하면 그는 오늘날까지 시행해 온 엄벌주의를 중단하고 싶지 않았기 때문이다. 만일 공자의 말에 따라 엄벌주의를 중단하기라도 하는 날이 오면 당장 세금을 거둬들이기도 어려워질 것이라고 그는 걱정했다.

 섭공에 대한 기대를 단념한 공자는 그를 더 이상 설득하려고 노력하는 것은 무의미한 일이라고 생각하였다.

 회견은 이내 끝났다. 공자는 들어왔을 때와 같은 쓸쓸한 모습으로 방을 나갔다. 그는 방을 나가면서 한시 바삐 섭나라를 떠나 방랑의 여행을 다시 시작할 결심을 했다.

산과 들에서 큰소리로 노래 부르며 새와 짐승을
벗 삼는 일도 살아가는 하나의 방식이다.
그러나 나로서는 결코 그런 삶을 용납할 수가 없다.
나는 당연한 인간의 길을 당당하게 걸어가고 싶다.

나루터

걸익은 연방 써레질을 계속하면서 나루터를 가르쳐 주지 않았다. 자로가 돌아와서 이를 고하자 공자가 길게 한탄하면서 이렇게 말했다. "사람은 새나 짐승과 어울려 살지 못한다. 내 천하의 사람들과 더불어 살지 않고 누구와 더불어 살겠느냐? 또 천하에 도가 있으면, 내가 구태여 변혁하고자 하겠느냐?"

_미자편微子篇

아직은 추운 봄날이었다. 저물어 가는 해가 이따금씩 구름에 가려질 때마다 들판이 어두워졌다 다시 밝아지곤 했다.

섭공에 대한 설득을 포기한 채 초나라로부터 채나라로 되돌아가는 공자의 마음엔 허탈함이 감돌았다. 그는 흔들리는 마차에 눈을 감고 앉아서 조용히 생각에 잠겼다. 고삐를 잡은 자로는 벌써 한 시간 가까이 입을 다물고 있었다. 다른 제자들도 피로에 지친 듯 한참이나 뒤떨어져 누런 흙먼지 속을 터덜터덜 걷고 있었다.

"잠시 쉬어 가도록 할까?"

공자는 일행이 뒤따라오는 모습을 바라보다가 문득 생각난 듯 자로에게 말했다.

"그러시지요."

자로가 건성으로 대답했다. 그러는 동안에도 마차는 계속 덜커덕거리며 앞으로 나아갔다.

"모두들 몹시 지쳐 보이는군."

공자가 가볍게 자로를 타이르듯이 말했다.

"나루터에 거의 다 왔습니다."

자로는 표정을 약간 일그러뜨리며 무뚝뚝하게 대답했다. 공자는 더 이상 아무 말도 하지 않았다.

얼마 후 자로가 갑자기 마차를 멈췄다. 공자는 나루터에 도착한 줄 알고 주위를 둘러보았지만 그곳은 강변이 아니었다. 마차는 길이 양쪽으로 갈라진 곳에 멈춰 있었고, 자로는 고삐를 잡은 채 팔짱을 끼고 가만히 전방을 응시하는 중이었다.

"왜 그러고 있나? 좀 쉬어 갈 텐가?"

공자가 마차에서 상반신을 내밀며 자로에게 물었다.

"나루터로 가는 길이 둘 중 어느 쪽인가 생각하고 있는 중입니다."

공자는 부드럽게 미소지으며 자로의 뒷모습을 바라보았다. 그런데 자로는 아무리 기다려도 굳은 듯 그 자리에서 움직이지 않았다.

"생각만 하면 길을 알 수 있겠나?"

공자는 슬며시 비꼬듯이 말했다. 요즘 들어 자로를 대할 때면 간혹 이런 식으로 말이 튀어나오곤 했다. 그러자 자로는 여전히 전방을 응시한 채로 반항조로 읊조렸다.

"네, 알 수 있습니다. 그럼요. 알 수 있다고 생각합니다."

공자는 곧 표정이 어두워졌다. 그는 자로가 심사가 복잡할 때면 자신에게 무뚝뚝하게 구는 버릇이 있다는 걸 잘 알고 있었다.

'자로는 지금 단지 나루터로 가는 길을 못 찾아서 저러고 있는 게 아니다.'

공자는 잠시 생각에 잠겼다. 그러고 보니 자로가 왜 저렇게 힘들어하는지 짐작이 갔다.

'이러고 다니는 게 썩 마음에 내킬 리가 없겠지. 게다가 자로는 제자들 중에서도 제일 나이가 많으니 고된 여행을 계속한다는 건 무리야.'

그러나 공자는 자신의 생각을 입에 올리지 않았다. 그는 잠시 자로에게 연민의 눈길을 보낸 뒤 주위를 둘러보았다. 마차가 있는 곳에서 가까운 길 왼쪽에는 묘지처럼 낮은 언덕이 있고, 그 밑에서 두 명의 농부가 부지런히 밭을 갈고 있었다.

순간 공자는 만면에 미소를 지으며 자로에게 말했다.

"저기 사람이 보이는데 물어보는 편이 빠르지 않겠나?"

"네?"

자로는 그제야 공자를 돌아다보았다. 그는 공자가 무슨 말을 했는지 잘 알아듣지 못한 것처럼 멍한 표정을 지었다.

"고삐는 내가 잡고 있을 테니 저리로 가서 나루터가 어느 쪽인지 알아보게."

"죄송합니다."

자로는 당황한 듯 몇 번이고 고개를 숙였다. 그런 다음 공자에게 고삐를 건네 주고는 황급히 농부들 있는 곳으로 달려갔다. 그 뒷모습이 우스꽝스럽기 짝이 없었으나 공자는 웃지 않았다. 다만 왠지 측은한 기분이 들어 자로에게서 눈을 떼지 못했다.

"저기요."

자로는 열 걸음 정도 떨어진 곳에서 큰소리로 외쳤다.

그러나 농부들은 고개조차 들지 않았다. 자로는 할 수 없이 다섯 걸음쯤 더 나아가 소리를 질렀다. 그래 봤자 두 농부는 들은 척도 하지 않았다.

마차 안에서 이 광경을 내다보고 있던 공자는 그들이 평범한 농부는 아닌 모양이라는 느낌이 들었다. 동시에 자로의 예의에 벗어난 태도가 마음에 걸렸다.

'만일 저 사람들이 은자隱者라면 자로가 애를 먹게 될지도 모른다.'

그는 문득 이런 생각을 해 보았다. 한편으로는 자로와 그들이 주고받을 문답을 상상하며 자못 흥미로운 기분이 들기도 했다. 자로는 과연 어떤 표정을 하고 돌아올까. 공자는 걱정과 기대가 뒤섞인 감정으로 계속해서 자로를 바라보았다.

자로는 농부들이 불러도 들은 척도 하지 않자 몹시 화가 나 있었다. 그는 두 사람이 있는 곳으로 달려가 따지듯이 물었다.

"여보시오, 그렇게 부르는 데도 들리지가 않소?"

그러자 키가 훤칠하게 큰 농부가 고개를 들고 자로를 흘깃 쳐다보았다. 그러더니 비웃는 듯 묘한 미소를 날리며 이내 시선을 아래로 돌렸다. 나이가 오십 쯤 되어 보이는 남자의 긴 수염이 드리워진 얼굴은 어딘지 모르게 기품이 있어 보였다. 사실 그는 장저長沮라는 은자였다.

자로는 비로소 아차 싶었다. 그는 얼른 태도를 바꿔서 공손한 어조로 말했다.

"실례했습니다. 실은 나루터로 가는 길이 어딘지 알 수가 없어서……."

장저가 고개를 들어 자로를 바라보았다. 아까처럼 기분 나쁜 표정은 아니었다. 그는 대답 대신 공자의 마차가 있는 쪽으로 고개를 돌리더니 다시 자로에게 미심쩍은 눈길을 보냈다.

"혹 나루터가 어느 쪽인지 아시는지요?"

자로가 허리를 약간 숙이며 다시 물었다.

"저 마차 위에서 고삐를 잡고 있는 사람은 누구요?"

자로는 묻는 말에 대꾸도 없이 딴 소리를 하는 상대방의 무례한 태도에 화가 났지만 되도록 정중하게 대답하였다.
"저분은 공구孔丘라는 분입니다."
"공구라면 노나라의 공구 말입니까?"
"그렇습니다."
"그렇다면 나루터쯤은 잘 알고 있을 텐데. 일 년 내내 천하를 헤매고 다니는 사람 아니오?"
장저는 말을 마친 뒤 도로 허리를 구부리며 밭을 갈기 시작했다. 그런 다음엔 자로가 무슨 말을 해도 벙어리처럼 입을 다물고만 있었다.
자로는 참으로 어이가 없었다.
그러는 동안에도 또 한 명의 농부 — 땅딸막한 몸집을 가진 그는 걸익桀溺이라는 남자였다 — 는 옆에서 무슨 일이 일어나고 있는지 알지 못하는 것처럼 부지런히 밭고랑에 씨를 뿌리고 있었다. 자로는 장저보다는 아무래도 그가 조금은 편할 것 같다고 느끼며 한 번 더 나루터 가는 길을 물었다.
"나루터라……."
걸익은 고개도 들지 않고 중얼거렸다.
"네, 나루터로 가려면 오른쪽으로 가야 합니까, 아니면 왼쪽으로……."
"오른쪽이든 왼쪽이든 당신 마음 내키는 대로 가시오."

"어느 쪽이든 마찬가지란 말입니까?"

"마찬가지는 아니오."

걸익은 말하면서 불쑥 고개를 들었다. 그는 안색이 붉은 편인데다 눈이 작고 수염은 별로 길지 않았다. 얼핏 보아 나이는 장저보다 서너 살 아래인 듯했다.

"마찬가지는 아니란 말이오."

그는 재차 같은 말을 하고는 싱긋 웃었다. 작은 눈이 살에 파묻혀 커다란 주름처럼 보였다.

자로는 도무지 그가 무슨 말을 하는지 알 수가 없었다. 뜻을 모르니 화를 내거나 웃을 수도 없었다. 그러자 걸익이 갑자기 정색을 하더니 자로의 얼굴을 물끄러미 바라보았다.

"당신은 대체 누구요?"

"중유라는 사람이오."

자로는 솔직히 자신의 이름을 밝혔다.

"중유? 그렇다면 그 노나라 공구의 일행인가요?"

"네. 제자 가운데 한 명입니다."

"하하하!"

걸익은 갑자기 너털웃음을 터뜨렸다. 웃음소리가 마치 꽉 막힌 공간의 틈바구니에서 끓는 물이 김을 뿜어내는 듯 기분 나쁘게 들렸다.

자로는 그가 자신이 공자의 제자라는 사실을 비웃는 듯해서 얼굴을 붉혔다. 그러나 상대는 자로를 외면하며 태연하게 중얼거렸다.

"공구의 제자라면 나루터로 가는 길을 모르는 것도 무리는 아니지. 거 참 안됐군."

화가 난 자로는 더 이상 참을 수가 없어 팔을 걷어붙였다.

"당신은 그게 문제군요. 그렇게 팔을 걷어붙인다고 일이 해결됩니까. 그보다도 당신은 지금의 이 현실을 대체 어떻게 생각하고 있소?"

자로는 순간 양팔을 내려뜨리며 눈을 껌뻑거렸다.

"사방이 진흙탕처럼 돼어 버린 게 요즘 이 세상 아니오?"

"그렇죠. 네. 확실히 그래요. 그러니까……."

"그러니까 나루터를 찾고 있다는 말이오? 그건 나도 잘 알고 있어요. 그렇지만 당신네 스승은 어느 나루터를 가든 마땅치 않은 것 또한 사실이잖소?"

자로는 상대가 공자를 비꼬는 것처럼 느껴져 다시 양팔에 힘을 주었다. 그러면서도 한편으로는 왠지 모를 공감을 느꼈다. 가만 보니 꽤나 말발이 근사한 사내였다. 자로는 문득 그 동안 자신이 공자에게 품어 왔던 불만을 이 사내의 입을 통해 들어 보고 싶은 충동을 느꼈다. 그는 팔에 힘을 주면서 걸익의 얼굴을 뚫어져라 쳐다보았다.

"배를 띄워 보고는 싶지만 흙탕물을 뒤집어쓰기는 싫다 이

거겠지. 그런 면에서 당신네 스승은 좀 뻔뻔한 거 아니오? 아무리 사방팔방 헤매고 다녀도 마음에 드는 나룻배 따위는 나타나지 않는단 말이오. 알겠어요? 어차피 이 세상에 흙탕물이 넘쳐난다는 걸 알았다면 그 더러운 물에 빠지지 않도록 산으로 도망치는 게 상책이오. 홍수가 났다고 소리나 질러대면서 스스로 흙탕물 옆까지 갔다가 또 달아나곤 하는 건 웃기는 짓거리야. 아주 꼴불견이란 말이오."

자로는 일면 수긍하면서도 자존심이 잔뜩 상해서 얼굴을 묘하게 일그러뜨린 채 뻣뻣하게 서 있었다.

"그런데 당신은 표정이 왜 그 모양이오? 공구와 같이 다닌다더니 당신도 꽤나 말귀가 어두운 모양이군요. 어차피 세상은 오십 보 백 보 아니겠소. 그러니 이 군주도 싫다, 저 군주도 싫다면서 떠돌아다니지 말고 세상만사 훌훌 털어 버리는 것도 멋있는 일 아니겠소? 속 편하게 세상 돌아가는 구경이나 하면서 말이오. 하하하!"

"그렇지만……."

자로가 진지한 표정으로 무슨 말을 하려고 할 때였다. 걸익은 어느새 엉덩이를 자로 쪽으로 돌리고는 부지런히 씨를 뿌리고 있었다. 그리고는 좀전에 장저가 그랬던 것처럼 자로가 무슨 말을 하건 들은 척도 하지 않았다.

자로는 더 이상 화를 내고 싶지도 않았다. 이전에도 몇 번

은자를 만난 일이 있지만 오늘처럼 우롱당한 적은 없었다. 이 사람들은 길을 물어도 가르쳐 주지 않았고 공자와 자신을 마구 헐뜯었다. 그러니 평소 같으면 절대로 조용히 물러날 수 없었을 것이다. 그러나 이 순간 자로는 묘하게 차분해져 있었다.

모든 것을 농담으로 치부하는 은자들의 태도에는 자로 역시 반감을 가질 수밖에 없었다. 그러나 너무나 자유롭고 편안하게 보이는 그들의 모습에 자기도 모르게 감동을 받았다. 그들은 공자가 갖고 있지 않은 보다 높은 차원의 그 무엇인가를 갖고 있는 것처럼 느껴졌다.

자로는 조용히 발길을 돌렸다. 그리고 걸어가면서 공자의 마차를 바라보았다. 그 안에 초라하게 앉아 있을 공자의 모습을 떠올리자 불현듯 눈시울이 뜨거워졌다. 그는 스승에게 실컷 투정이라도 부려보고 싶은 기분이었다. 곧 마차를 향해 쏜살같이 달려갔다.

마차 주위에는 좀전까지만 해도 뒤로 처져 있던 제자들이 모여 들어 공자와 무슨 이야긴가를 나누고 있었다. 그들은 자로가 달려오는 것을 보더니 말을 멈추고 일제히 고개를 돌렸다. 그러나 자로는 그들을 거들떠보지도 않았다. 그는 거칠게 그들을 밀어내며 마차의 창틀을 두 손으로 붙잡았다.

공자가 부드럽게 미소지으며 그를 바라보았다.

"시간이 꽤 지난 것 같은데 어찌된 일이냐?"

자로는 순간 말문이 막혀 버렸다. 그는 주먹으로 눈을 비비면서 숨을 헐떡거렸다.

"그들은 은자인 것 같더군."

공자는 자로의 마음을 가라앉히려는 듯 천천히 입을 열었다.

"네. 스승님. 그들은 은자였어요. 아주 훌륭한 은자였습니다."

자로는 폭발할 듯 외치며 공자의 얼굴을 똑바로 쳐다보았다.

공자의 얼굴엔 몹시 밝고 온화한 기운이 서려 있었다. 그것은 자로가 전혀 예상치 못한 얼굴이었다. 그는 좀 더 비참한 얼굴을 한 사내가 마차 안에 앉아 있을 줄 알았던 것이다.

"다행이군. 그래, 무슨 이야기를 하고 왔나?"

공자의 물음에 자로는 대번에 기가 꺾이고 말았다. 마차를 향해 달려올 때만 해도 왜 이토록 무모한 길을 가야 하는지 공자의 반성을 촉구할 작정이었지만, 고작 그들이 했던 말을 사실 그대로 전하는 데 그쳤다.

공자는 눈을 감은 채, 제자들은 눈을 크게 뜬 채로 자로가 하는 말에 귀를 기울였다. 그리고 마침내 자로의 이야기가 끝나자 제자들은 약속이나 한 듯이 공자의 눈치를 살폈다. 공자는 여전히 눈을 감은 채 생각에 잠겨 있다가 한숨을 내쉬며 자로를 돌아보았다.

"그래, 나루터로 가는 길을 둘 중 어느 쪽으로 택할 것인가?"

자로는 순간 움찔해서 막대기처럼 우뚝 서 있었다. 그는 마치 장엄한 성전에서 심문을 받고 있는 듯한 느낌이었다.

"나는 인간이 걷는 길을 걷고 싶다. 인간과 함께 가는 길이 아니면 마음이 놓이지 않아."

공자는 자로를 보던 눈길을 다른 제자들에게 돌리면서 덧붙여 말했다.

"산과 들에서 큰소리로 노래 부르며 새와 짐승을 벗 삼는 일도 살아가는 하나의 방식인지 모른다. 그러나 나로서는 결코 그런 삶을 용납할 수가 없다. 그것은 비겁자나 이기주의자들의 길이지. 나는 당연한 인간의 길을 당당하게 걸어가고 싶다. 인간으로 태어난 이상 번뇌할 만큼 번뇌해 보자는 게 나의 소망이야. 거기에 나의 진정한 기쁨과 평화기 있지. 자로가 말하기를, 은자들은 이렇게 혼탁한 세상에는 미련이 없다고 하는 모양이지만 나는 오히려 세상이 혼탁하기 때문에 더욱더 번민해 보고 싶은 거야. 올바른 도가 이루어지고 있는 세상이라면 나도 이처럼 힘겨운 여행을 계속하고 있지는 않을 테니까."

제자들은 조용히 공자의 말에 귀를 기울였다. 어느 틈엔가 자로의 눈에는 눈물이 가득 고여 있었다. 그는 몇 번이고 자신의 눈을 문지르면서 공자의 얼굴을 물끄러미 바라보았다.

저물어 가는 석양 아래, 고난에 찬 인생을 포용하면서도 더

할 나위 없이 맑은 성자의 얼굴을 그는 이제 분명히 볼 수 있었던 것이다.

"잘못했습니다. 스승님, 못난 제가 불경스러운 생각을 하고 있었습니다."

자로는 공자를 향해 하염없이 눈물을 흘렸다.

공자는 대답 대신 창문을 통해 자로에게 고삐를 건네 주었다. 그런 다음 제자들을 돌아보며 짐짓 쾌활한 목소리로 말했다.

"자로가 가고 싶은 쪽으로 가 보도록 하자. 만약 길을 잘못 들었으면 되돌아오면 되니까."

그러자 제자들 사이에선 누가 먼저랄 것도 없이 웃음이 터져나왔다. 자로도 눈시울이 붉어지면서 웃음을 터뜨렸다.

그때 두 사람의 은자는 괭이를 지팡이 삼아 이쪽을 바라보고 있었다. 이제 자로에게는 그들이 두 개의 허수아비처럼 보였다. 그는 기쁘고도 쓸쓸한 기분이 되어 공자의 마차를 움직이기 시작했다.

어디선가 까마귀가 비웃듯이 울고 있었다.

진채의 벌판

위나라의 영공이 공자에게 작전법을 묻자 공자가 답했다.
"예에 관한 일은 듣고 있으나, 전쟁에 대한 일은 배우지 않았습니다."
이튿날 공자는 위나라를 떠나 진나라로 갔다. 진陳나라에서 양식이 떨어지고, 따라간 제자들이 병들어 일어나지 못하게 되었다. 이에 자로가 화가 나서 공자에게 물었다.
"군자도 이렇듯 어려움을 겪어야 합니까?"
공자는 답하였다.
"군자는 원래 어려움을 겪게 마련이다. 소인배는 어려움을 겪으면 사리에 어긋나는 짓을 하느니라."

_위령공편衛靈公篇

여러 나라를 유랑하던 중 노나라에 들어간 공자는 그곳에서 약 2년 동안 학문의 도리를 깊이 살피며 제자들을 가르치는 일에 전념하였다. 그러나 정치에 참여하여 자신의 이상을 펼쳐 보려는 희망을 완전히 버린 것은 아니었다. 그리하여 공자는 애공哀公이 즉위하던 해에 육십 노구를 이끌고 세 번째 위나라 방문길에 올랐다. 이때는 그의 손자인 급汲:子思이 태어난 지 얼마 안 되었을 무렵이었다.

그러나 당시 위나라는 정세가 너무나 혼란스러웠다. 이미 늘그막에 접어든 영공은 자신의 아들로 인해 총애하는 부인 남자南子가 살해당한 일로 심기가 어지러운 상태였다. 더욱이 진晉나라로 달아난 그 아들이 영공의 왕위를 찬탈하려 한다는 소문이 퍼지면서 언제 부자 간에 전쟁이 시작될지 모를 불안한 기운이 위나라 전역에 감돌고 있었다.

영공은 공자가 위나라로 왔다는 말을 듣더니 과거에 그를 소홀히 대했던 일을 까맣게 잊고는 즉시 만남을 청했다. 그리곤 제일 먼저 물어본다는 말이 전략에 관한 것이었다.

"예에 대해서는 다소 들은 바가 있습니다. 그러나 전략에 관해서는 전혀 아는 게 없습니다."

공자는 영공의 청을 단칼에 잘라 버렸다. 그에게 군사적인 지식이 전혀 없는 것은 아니었다. 그러나 부자 간의 추악한 다툼에 티끌만한 도움이라도 되고 싶지가 않았던 것이다.

다음날 그는 급히 위나라를 떠났다. 그리고 송나라에서 진陳나라로, 또 채나라에서 섭나라로, 다시 채나라로 옮겨 다니며 자신의 이상을 펼칠 곳을 찾았다. 그러나 어딜 가든 기대는 모두 빗나가고 말았다. 가는 곳마다 그를 알아주는 것은 고사하고 도처에서 박해와 비웃음을 당해야만 했던 것이다. 특히 진나라와 채나라의 국경에서 겪은 고통은 공자의 생애 중 가장 큰 고난으로 기록되었다.

그 무렵 진나라는 오吳나라의 침략을 받아 초楚나라에 도움을 요청하였다. 이에 초나라 소왕昭王은 진나라를 돕기 위해 성보城父라는 곳까지 병력을 출동시켰는데, 마침 공자 일행이 진과 채의 국경 지대에 와 있음을 알게 되었다.

소왕은 곧 사자를 보내 공자를 초나라로 초빙하였다. 공자는 아직 초나라는 한 번도 가 본 적이 없고, 또 소왕에 대한 평판도 좋은 편이라 초대에 응하기로 했다.

이 소식을 듣고 진나라와 채나라의 권력자들은 깜짝 놀랐다. 그들은 과거 공자를 중용하지 않았지만 그 위대함을 알지 못해서 그런 게 아니었다. 오히려 그것을 알고 있었기 때문에 경계심을 가지게 되었던 것이다. 그들은 생각했다.

'공자는 누가 뭐래도 현자이다. 언제나 그가 하는 말은 제후들의 정치적인 약점을 찌른다. 그가 진나라와 채나라 사이를 헤매고 다닌 지도 오래 세월이 흘렀다. 당연히 그는 우리가 하고 있는 일들을 모두 간파하고 있을 것이다. 만일 초나라와 같은 대국이 그를 맞아들인다면 앞으로 진나라와 채나라에게는 커다란 위협이 될 것이다. 결국 우리의 지위조차 어떻게 될지 알 수 없는 것 아닌가.'

이리하여 두 나라의 권력자들은 쌍방에서 군대를 보내 공자 일행을 포위하였다. 공자 일행에게 그것을 깨뜨릴 만한 힘이 있을 리가 없었다. 제자들 중 일부는 격분하여 몸으로 막아서려고 했지만 공자는 그 무모함을 타이르며 조용히 포위가 풀리기를 기다렸다.

　그러나 포위는 좀처럼 풀리지 않았다. 다행히 그들은 직접적인 위해를 가하지는 않았지만 식량이 큰 문제였다. 하루 이틀은 그럭저럭 견딜 만했다. 사흘과 나흘째 되는 날은 죽을 쑤어 먹으면서 버텼다. 그러나 닷새째 되는 날부터 쌀 한 톨 안 남게 되자 대부분의 제자들은 굶주림과 피로로 녹초가 되어 들판에 쓰러져 버렸다.

　공자 자신도 고통스럽긴 마찬가지였다. 그러나 그는 몹시 피곤한 가운데서도 태연히 도를 일깨웠다. 때로는 거문고를 타며 노래를 부르기도 했다. 건장한 체격의 자로는 항상 공자의 주위를 맴돌며 만일의 사태를 경계하고 있었다. 그러나 그 마음은 혼란스럽기만 했다. 그는 이처럼 중요한 때 천하태평인 공자를 보면서 울화가 치밀었다.

　'죽어 가는 사람들을 앞에 두고 도는 무슨 놈의 도란 말인가. 게다가 음악은 또 뭣 하는 짓인가. 그 따위 허세는 막다른 골목에 이른 자의 자기기만일 뿐이다.'

　그는 이런 생각을 하며 원망스러운 눈길로 공자의 얼굴을 빤히 쳐다보곤 했다.

　닷새째 되는 날, 밤이 점차 깊어지고 있었다. 초가을 하늘에는 아름다운 별들이 반짝이고 있었지만 지상의 풀밭에서는 굶어 죽기 직전의 사람들이 가까스로 숨을 쉬고 있었다. 이따금

씩 가위눌리는 소리마저 들려 왔다.

"스승님!"

갑자기 자로의 쉰 목소리가 어둠 속에서 울려 퍼졌다.

공자는 오랫동안 묵상에 잠겨 있다가 피로에 지쳐 막 드러누우려던 참이었다. 그는 자로의 목소리를 듣고 조용히 몸을 돌렸다. 그러자 자로가 물었다.

"군자에게도 일이 막혀 버리는 경우가 있습니까?"

"일이 막혀 버린다?"

공자는 잠시 생각에 잠겼다 차분하게 입을 열었다.

"물론 군자도 일이 막혀 버리는 수가 있지. 그렇지만 군자는 사리에 어긋나는 일을 하지 않는다. 도란 스스로 사리에 어긋나는 짓을 하지 않는 데서 나오는 거야. 반대로 소인이 어려운 지경에 빠지면 반드시 사리에 어긋나는 행동을 하지. 사리에 어긋날 때 도는 절대로 있을 수 없다. 그렇다면 정말로 어려운 지경에 빠지는 것이지."

공자가 말을 마치자 다섯 발자국쯤 떨어진 곳에 쓰러져 있던 자공이 비틀거리면서 다가왔다. 그리곤 바닥에 앉아 숨을 헐떡이면서 스승의 얼굴을 빤히 쳐다보았다.

"오, 자공이냐."

공자가 다정하게 말을 걸었다. 자공은 아무 말도 하지 않았다. 그러나 무례한 말을 입에 올리지만 않았을 뿐, 마음속에는 자로에 버금가는 불만이 이글거리고 있었다. 또한 얼굴에는 비웃는 듯한 웃음마저 띄고 있었다. 희미한 어둠 속에서도 공자는 분명히 그것을 느낄 수 있었다.

"자공, 내가 너의 기대에 미치지 못하는 것 같구나."

자공은 여전히 잠자코 있으면서 숨소리만 더 거칠어졌다.

"너는 내가 여러 가지 학문을 익혀 모든 상황에 대처할 방법을 꿰뚫고 있으리라 생각하겠지?"

"물론입니다. 스승님. 그, 그렇지 않습니까?"

자공의 목소리는 떨리고 있었다.

공자는 별이 반짝이는 하늘을 올려다보며 한숨을 쉬다가 이내 자공을 돌아보며 천천히, 그러나 엄숙한 어조로 말을 이었다.

"그렇지 않다. 나는 오직 하나로써 관철할 따름이지. 그 하나에 나의 온 생명을 걸고 있는 것이다."

공자는 이렇게 말하고 나서 몹시 허탈한 감정에 사로잡혔다. 제자들마저 이해하지 못하는 도를 가슴에 품고 벌판에서 굶주리고 있는 자신에 대한 연민이 몰려 왔다. 동시에 스승을 이해하지도 못하면서 이처럼 고난을 겪고 있는 제자들이 애처로워 말이라도 부드럽게 해 주고 싶었다.

'그러나……'

공자는 잠시 깊은 생각에 잠겼다.

'나는 결코 이 일에 싫증을 내거나 약한 모습을 보일 수가 없다. 일시적인 감상에 젖어 제자들을 응석 부리게 해서도 안 된다. 저들 중에는 싹만 틔우고 꽃을 피우지 못하는 사람도 있을 것이다. 또 꽃은 피어도 열매를 맺지 못하는 사람도 있을 것이다. 하지만 나는 물러나서는 안 된다. 나는 저들을 사랑하기 때문이다. 저들의 충실한 벗이 되고 싶기 때문이다. 사랑하는 이상 저들이 스스로 고난을 감당할 수 있도록 하지 않으면 안 된다. 충실한 벗이 되기 위해서는 싫증내거나 게으름 피우지 말고 가르침을 주어야 한다. 그것이 하늘의 도를 땅에서 이룩하는 길이다. 내가 여기서 한 발 뒤로 물러서면, 하늘의 도가 한 발 뒤로 물러서는 꼴이다.'

도를 실현하는 일은 가령 흙으로 산을 쌓아올리는 일과 같다. 한 삼태기만 흙을 보태면 산이 완성되는 마당에 좌절하면 전부가 무너지는 결과를 가져온다. 또한 도를 실현하는 일은 땅을 고르는 일과 같은 것이다. 한 삼태기의 흙이라도 더 부으면 그만큼 일이 진척되는 것이다. 도는 영원하다. 한 발짝이라도 앞으로 나아가는 것보다 더 나은 방책은 없다. 그리고 나아감이나 물러섬은 전부 고난과 타협하지 않는 이 마음 하나에 달려 있다.

이제 공자는 더 이상 피로를 느끼지 않는 사람 같았다. 그는 자세를 가다듬고 자로를 바라보며 낮고 또렷한 목소리로 말하었다.

"『시경』에, '그는 코뿔소나 호랑이도 아닌데 광야로 내닫는다' 는 구절이 있는 것을 기억하느냐?"

"네. 기억하고 있습니다."

"그게 무슨 뜻이라고 생각하나?"

"인간은 코뿔소나 호랑이 같은 야수가 아닙니다. 그러나 인간이 걸어야 할 길을 벗어나면 광야를 방황하는 야수나 다름없다는 뜻이라고 생각합니다."

"음, 그렇다면 내가 가는 길은 잘못된 것일까? 나는 지금 야수와도 같이 광야를 방황하고 있으니 말일세."

"스승님의 길이 잘못된 것인지 어떤지는 알 수 없습니다. 다만 남들이 자신의 말을 믿어 주지 않으면, 아직 자신의 인[仁]이 완전한 경지에 이르지 못했다고 생각해야 할 것입니다. 또 남들이 자신이 제창하는 도를 따라 주지 않으면 아직 자신의 지[知]가 충분치 못하다고 생각해야 할 것입니다."

자로는 겸손해하는 기미도 없이 퉁명스런 어조로 제멋대로 지껄이고 있었다. 그러나 공자는 전혀 언짢은 기색을 나타내지 않고 조용히 말을 이었다.

"그것은 네가 잘못 생각한 거야. 만일 인자[仁者]의 말이 반드시 믿을 수 있었다면 백이[伯夷]와 숙제[叔齊]가 굶어 죽지도 않았을 것이고, 지자[智者]가 제창했던 바가 반드시 행해졌다면 왕자 비간[比]

이 학살당하는 일도 없었을 것이다."

자로는 그 말에 고개를 숙인 채 잠자코 있었다. 그러자 공자는 자공을 돌아보며 같은 물음을 던졌다.

"『시경』에 '그는 코뿔소나 호랑이도 아닌데 광야로 내닫는다' 는 말이 있는데, 나의 도가 잘못된 것일까? 오늘날 나는 마치 야수처럼 이렇게 광야를 헤매고 있으니……."

자공이 한참 생각한 후에 대답하였다.

"스승님의 도는 너무 큽니다. 너무 커서 세상에 받아들여지지 않습니다. 조금만 그 정도를 낮춰서 세상에 받아들여지도록 하시면 어떠시겠습니까?"

"세상에 받아들여지도록?"

공자는 순간 약간 이마를 찌푸렸다가 곧 온화한 표정으로 되돌아갔다.

"자공, 영리한 생각이군. 그러나 훌륭한 농부는 작물을 키우는 일에는 능숙해도 돈벌이엔 서툰 법이지. 또 명인의 경지에 오른 목수도 일할 땐 심혈을 기울이지만 그것이 타인의 마음에 들지 말지는 개의치 않는 법이지. 군자도 그와 마찬가지로 눈 앞의 이익에 어두워 세상에 영합해서는 안 될 것이야. 군자의 도리란 오직 도를 닦는 데 있을 뿐, 도의 근본에 어긋나지 않으려면 모든 언동을 삼가도록 해야 한다. 너는 도를 닦는 게 아니라 세상에 받아들여지는 게 소망인 모양인데, 그건 너무

영리한 거야. 좀 더 원대한 뜻을 품도록 해."

공자가 말을 마치자 자공도 곧 입을 다물어 버렸다. 그러자 공자는 고개를 돌려 사방을 휘둘러보면서 물었다.

"안회, 안회는 어디 있나?"

안회는 바로 공자의 뒤쪽에 앉아 있었다. 원래 허약 체질인 그는 닷새 동안이나 들판에서 잠을 자느라 누구보다도 견디기 어려웠을 테지만 몸가짐은 언제나처럼 단정했다.

또한 여명에 비친 그의 얼굴은 거의 죽은 사람처럼 창백해 보였지만 두 눈에는 여전히 총명한 빛이 감돌고 있었다. 그는 공자의 목소리를 듣고 자공의 옆으로 걸어와 가볍게 고개를 숙였다. 그 모습이 마치 푸른 갈대가 바람에 나부끼고 있는 듯했다. 공자는 그에게 가만히 시선을 보내면서 물음을 던졌다.

"『시경』에 '그는 코뿔소나 호랑이도 아닌데 광야로 내 닫는다' 는 말이 있는데, 지금의 나 역시 야수와 조금도 다를 바가 없어. 어떤가, 자네는 나의 도가 잘못된 것이라고 생각되지 않나?"

"제 생각엔……."

안회가 선 채로 말문을 열려고 하자 공자는 손을 흔들며 그를 만류하였다.

"서 있으면 힘들어. 앉아서 천천히 대답하게."

안회는 곧 단정한 자세로 바닥에 앉았다. 그는 공자의 무릎

께로 눈길을 내리깔며 공손히 말을 이었다.

"스승님의 도는 지대합니다. 그러므로 세상에서 받아들이지를 못합니다. 그러나 저는 스승님이 그 뜻을 밀고 나아가 세상에 실현시켜 주시기를 진심으로 바랍니다. 설령 그 뜻이 세상에 받아들여지지 않는다 해도 우려할 건 없습니다. 오히려 받아들여지지 않기 때문에 스승님이 군자라는 사실이 분명해지는 것입니다. 그리고 우리는 도를 익히지 못한 점만을 부끄러워하면 되는 것입니다. 도를 거의 완성해 가고 있는 군자가 있는데 그를 등용하지 않는다면 그것은 위정자의 치욕일 뿐입니다. 거듭 말씀드리지만 받아들여지지 않음을 우려할 까닭은 결코 없습니다. 도리어 받아들여지지 않는 데서 군자로서의 가치가 발휘되는 것이니까요."

안회의 얼굴은 희미하게 홍조를 띠고 있었다. 그가 말을 마친 뒤 일어서서 조용히 고개를 숙이자 공자는 만면에 미소를 지으며 입을 열었다.

"과연 안씨 혈통을 이어받은 사람답군. 만약 자네에게 재산이 있다면 내가 그 집안의 일을 돌봐 주는 사람이 돼도 좋았을 걸세. 하하하하."

어느덧 날이 훤하게 밝아 왔다. 공자는 손짓을 하며 자공을 불렀다.

"자공, 너는 지금 곧 성보로 가서 초나라 군사에게 도움을 요청하고 오너라."

자공은 깜짝 놀라 사방을 휘둘러보았다. 포위망을 뚫고 나가기에는 이미 날이 너무 밝았다고 생각한 것이다. 그러나 공자는 웃으면서 말했다.

"벌써 오늘이 엿새째야. 우릴 포위하고 있는 자들도 지쳤을 게 분명하다. 게다가 날이 밝았으니 지금쯤은 그들도 마음놓고 잠시 눈을 붙이고 있을 걸세."

공자의 말대로 포위망은 어설프기 짝이 없었다. 자공은 손쉽게 포위망을 뚫고 나가 초나라 군사와 연락을 취할 수 있었다.

이튿날이 되어 포위는 풀렸다. 공자의 일행은 초나라 군사로부터 후한 대접을 받으며 국경을 넘어가 마침내 소왕을 만나 보게 되었다.

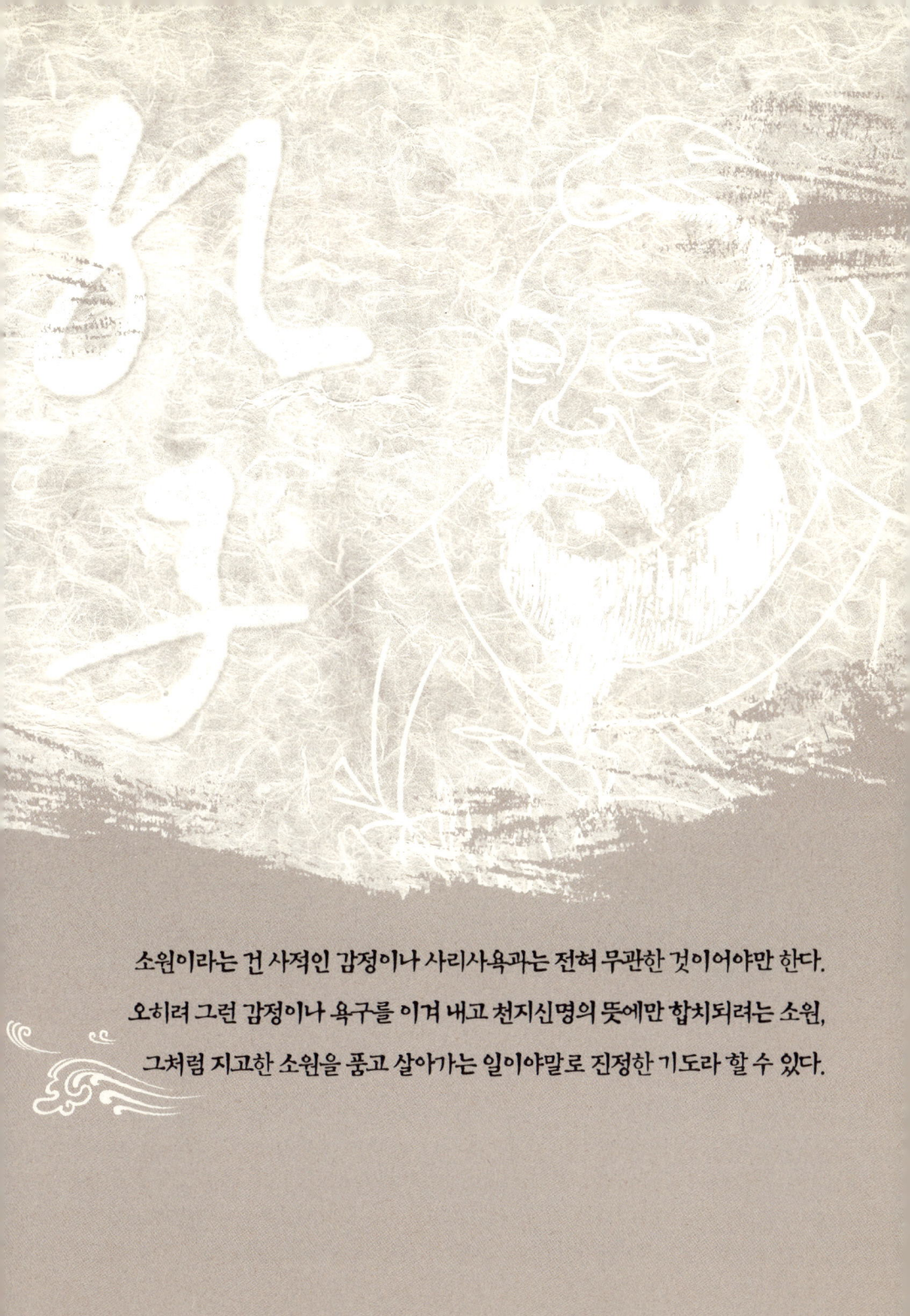

소원이라는 건 사적인 감정이나 사리사욕과는 전혀 무관한 것이어야만 한다.
오히려 그런 감정이나 욕구를 이겨 내고 천지신명의 뜻에만 합치되려는 소원,
그처럼 지고한 소원을 품고 살아가는 일이야말로 진정한 기도라 할 수 있다.

병든 공자와 자로

공자가 심하게 병을 앓자, 자로가 기도를 드리자고 했다. 그러자 공자가 물었다.
"그러한 선례가 있었느냐?"
이에 자로가 답했다.
"있습니다. 뇌문에 '위로는 천신에게 빌고 아래로는 지기에게 빈다'라고 했습니다."
이 말을 들은 공자가 말했다.
"나는 하늘에 빈 지 오래이다."

_술이편述而篇

평상시엔 늘 활발한 자로도 오늘은 멍하니 의자에 기댄 채 생각에 잠겨 있었다. 공자가 병을 앓기 시작한 이후로 그는 거의 밤낮으로 병상을 지켰다. 벌써 한 달이 되어 가건만 공자의 병세는 계속 악화될 뿐이고 2, 3일 전부터는 눈에 띄게 몸이 쇠약해져 있었다. 더구나 어젯밤의 용태는 심상치가 않았다.

'설마 이러다 돌아가시는 건 아니겠지?'

간호를 하다가도 문득문득 이런 생각이 들면 전신에 맥이 탁 풀리면서 아무것도 손에 잡히지 않았다.

자로는 잠시 옆방으로 물러가 피로에 지친 눈으로 천장을 응시하고 있었다. 간간이 제자들의 희미한 목소리가 들려왔다. 그는 마치 자신이 죽어 가기라도 하는 듯 정신이 혼미해지는 느낌이 들었다.

'언제까지라도 스승님을 수행하고 싶다.'

그는 마음속으로 간절히 기도하였다. 그리고 전에 죽음에 대해 물었을 때 공자가 했던 말을 떠올렸다.

"삶의 의미도 분명히 파악하지 못하는데, 어찌 죽음의 진짜 형상을 알 수 있겠느냐?"

'죽음이란 무엇인가. 그런 건 알고 싶지도 않다. 다만 사후 세계가 있어서 언제까지나 스승님 곁에 있을 수만 있다면……'

그는 계속해서 이런 생각을 하고 있었다. 그러다 문득 내일이라도 스승과 함께 먼 미지의 세계로 여행을 떠날 수 있을 것만 같은 묘한 기쁨에 사로잡혔다.

그러나 그것은 순간적인 일이었다. 그는 소스라치게 놀라며 앉은 자리에서 벌떡 일어섰다.

'세상에, 나는 지금 스승님의 죽음을 바라고 있었던 것이 아닌가!'

그는 오물을 털어 버리기라도 하듯 두 손을 휘휘 내저었다. 그런 다음 선 채로 가만히 병실 쪽에 귀를 기울였다.

병실은 쥐 죽은 듯 고요하다. 그는 자신이 걸터앉아 있던 의자 주위를 소리가 나지 않게 뱅글뱅글 돌면서 하염없이 스스로를 질책하고 있었다.
　'어떻게 해서든 스승님이 활력을 되찾으시도록 하고 말 테다.'
　어느 순간 자로의 타고난 기질이 되살아났다. 그는 점차 발걸음 소리가 높아지는 것도 의식 못한 채 앞으로의 간호 방법을 이것저것 궁리하였다. 그러나 아무리 머리를 쥐어짜도 지금까지 해 온 것 이상의 좋은 방법을 찾을 수가 없었다.
　'인력으로는 도저히 어쩔 수 없는 것인가.'
　생각이 이쯤에 이르자 다시금 가슴 속이 눈사람 녹듯이 허물어지는 느낌이었다.
　자로는 한숨을 몰아쉬면서 의자에 걸터앉았다. 할 수만 있다면 무엇이든 매달리고 싶었다. 그런데 무슨 수로 스승을 살려낸단 말인가. 아무리 자신을 질책해도 소용없었다. 나중엔 스스로 질책할 기력마저 없었다.
　'이제는 귀신의 도움이라도 청하는 수밖에 없다.'
　생각할수록 그의 마음은 비통하기 짝이 없었다. 그는 지금껏 공자로부터 인간의 도를 굳게 실천해야 한다는 가르침을 받아 왔다. 언젠가 그가 죽음에 대해 물으며 동시에 귀신을 섬기는 문제를 물었을 때도 공자는 '오로지 사람을 섬기라, 사람을 섬기는 길을 알지 못하고는 귀신을 섬기는 길을 알 수 없다'고 가르쳤다. 이후로 그는 스승의 가르침을 따라 아무리 괴로워도 스스로 노력하지 않고 귀신의 힘에 의지한 적이 없었다. 문득 그 기억을 떠올리니 이제 와서 새삼스레 귀신에게 빌기가 억울한 느낌이 들었다.

'나는 왜 이렇게 무력할까?'

자로는 또 이렇게 생각하며 이를 갈았다.

하지만 귀신에게 의지하는 것이 자기 자신의 목숨을 이어가기 위한 방편이 아니라는 점에서 조금은 위안을 얻기도 했다. 또 만일 천만다행으로 그 덕분에 공자의 목숨을 구할 수만 있다면 구도자로서의 치욕 따위는 기꺼이 감수하리라. 설령 그로 인해 공자로부터 파문을 당할지라도 자신은 결코 후회하지 않으리라 생각했다.

자로는 복잡한 심정을 달래며 마지막으로 실내를 한 바퀴 돌았다. 그리고 마침내 결심이 굳어진 순간 살며시 문 밖으로 나갔다.

몇 시간이 지났다.

제자들은 누구보다도 공자의 간호에 지극정성이었던 자로가 온다 간다 말도 없이 사라진 게 이상하다며 저마다 걱정을 늘어놓았다. 그러나 그들은 자로가 한 권의 책을 겨드랑이에 낀 채 황급히 병실로 뛰어 들어오는 것을 보고는 더욱더 놀라움을 감추지 못했다.

"스승님, 제게 소원이 있습니다."

자로는 공자의 베개맡으로 다가가 가쁜 숨을 몰아쉬었다.

"뭔가?"

지금껏 눈을 감고 있던 공자가 조용히 눈을 뜨면서 물었다.

"기도하고 싶습니다. 스승님의 병환이 쾌유되시도록 빌고 싶습니다."

"별안간 그게 무슨 말이지? 선왕의 도에는 그런 일이 없을 텐데."

"있습니다, 있어요. 스승님이 편찬하신 『주례周禮』 속에도 그게 있습니다. 뇌문誄文: 그 사람의 평소 덕행이나 공적을 들어 복을 비는 기도문입니다. 바로 여기 '위로는 천신에게 빌고 아래로는 지기地祇: 땅의 신에게 빈다' 라고 쓰여 있습니다."

자로는 갖고 있던 책의 책장을 급히 펼쳐서 공자에게 보여 주었다.

공자의 얼굴에 엷은 미소가 번졌다. 그러나 그것뿐, 공자는 그대로 조용히 눈을 감은 채 아무런 대답도 하지 않았다.

"스승님!"

자로가 조급히 말을 이었다.

"실은 스승님으로부터 질책당할 각오를 하고 저 혼자 몰래 빌어 볼 결심이었습니다. 그런데 비는 방법을 알 수가 없어서 한참 그것을 알아보고 있는 동안에 책에 쓰여 있는 글귀를 발견한 겁니다. 그러니까 예로부터 전해져 내려오는 가르침에도 이 방법이 있으니 스승님 몰래 빌 필요가 없겠다 생각해서 허락을 받으러 온 것입니다. 스승님, 제발 기도하게 해 주십시오. 스승님을 위해, 저희 제자들을 위해, 그리고 온 세상 사람들을 위해 허락해 주십시오."

공자가 눈을 번쩍 떴다. 그리고 그 눈은 도저히 환자의 눈이라고는 여겨지지 않을 만큼 강한 힘을 발하고 있었다. 그는 자로의 얼굴을 가만히 응시하다가 이윽고 입을 열었다.

"네가 빌어 주지 않아도 나는 스스로 빌었다."

"스승님이요?"

자로는 사뭇 놀라운 표정으로 공자의 얼굴 가까이 몸을 굽혔다. 다른 제자들도 의아한 눈길로 공자를 바라보았다.

"그래, 이미 나는 수십 년 동안이나 줄곧 빌고 있었단 말이다."

"수십 년 동안이나?"

"정녕 몰랐는가? 내가 지금까지 줄곧 무엇을 빌었는지?"

제자들은 서로 멍하니 얼굴을 마주볼 뿐이었다. 공자는 탄식하듯이 숨을 깊이 내쉬며 눈을 감았다. 그렇게 잠시 침묵이 흐른 후, 공자는 눈을 감은 채로 다시 물었다.

"빈다는 것은 대체 무엇을 의미하는 거지?"

"신들에게 자신의 소원을······."

자로의 대답을 듣다 말고 공자는 다시 눈을 크게 떴다.

"소원이라. 흠, 그 소원이라는 건 대체 뭐지?"

"······."

자로는 순간 자신이 생각한 대로 대답하기가 꺼려졌다. 공자의 말 속에 뭔가 심오한 뜻이 있음을 어렴풋이나마 깨달았기 때문이다.

공자가 말하였다.

"소원이라는 건 사적인 감정이나 사리사욕과는 전혀 무관한 것이어야만 해. 오히려 그런 감정이나 욕구를 이겨 내고 천지신명의 뜻에만 합치되려는 소원, 그처럼 지고한 소원을 품고 살아가는 일이야말로 진정한 기도라 할 수 있지. 그렇지 않은가?"

자로는 석상처럼 꼼짝 않고 선 채로 고개를 숙였다.

"좀 더 분명히 해 두기 위해 말하건대, 나는 결코 천지신명을 부정하거나 가볍게 여기지 않는다. 신을 숭상하기 때문에 그 뜻에 따르기 위해 오늘날까지 끊임없이 마음을 닦아온 거지. 자로야. 내 일생은 끝없는 기도의 연속이었다고 기억해 다오. 네가 갖고 있는 그 책에 씌어져 있는 뇌문도 그런 의미로 해석해야만 깊은 뜻을 음미할 수 있어."

"스승님, 정말 죄송합니다. 저의 천박한 소견이 도리어 심려를 끼쳐드려서……."

 "아니다. 모든 게 학문의 덕이지. 특히 네가 나를 위해 주는 마음은 사무치도록 기쁘다. 그런 마음도 하나의 도라고 할 수 있어. 아니, 그 마음이야말로 도의 씨앗이지. 하지만 내 육체를 살리기 위해 나의 중요한 정신을 죽이지는 말아다오. 나는 만고에 통하는 선왕의 도를 전함으로써 영원 속에 살고 싶은 거야."

 공자는 먼 과거와 아득한 미래를 동시에 바라보듯이 허공을 응시하고 있었다. 자로와 다른 제자들은 여태껏 한 번도 접해 본 적이 없는 장엄한 기운을 느끼며 눈을 감고 무릎을 꿇었다.

 "너희들 모두 이제 진정으로 빌고 싶은 마음이 들었나 보군. 나를 위해 빌고 싶다면 방금 말한 것처럼 맑고 깨끗한 마음으로 빌어야 해. 피곤하니 이제 그만 자야겠다. 너희도 쉬도록 해라."

 신기하게도 공자는 그 이튿날부터 조금씩 건강이 회복되어 갔다. 그리고 몇 년 후 자로가 위나라의 내란에 참전하여 장렬하게 전사했을 때 칠십 고령인 공자가 도리어 그를 위해 눈물을 흘리게 되었던 것이다.

자네들은 내가 무엇을 숨기고 있다고 생각하나?

하나로써 관철되다

공자가 말했다.
"삼參: 증자의 이름아! 내 도리는 하나로 관철되어 있다."
증자가 답하였다.
"네."
공자가 나가자 제자가 물었다.
"무슨 뜻입니까?"
이에 증자가 말하였다.
"스승님의 도는 충서忠恕일 따름이니라."

_이인편里仁篇

"스승님도 많이 늙으셨네요."

"연세가 벌써 일흔 가까이 되셨잖아요."

"가까이가 아니라, 금년에 꼭 일흔이실 걸요?"

"사모님이 돌아가신 건 재작년이죠?"

"맞아요."

"그럼 정확히 일흔이시군. 그런데 지난 1, 2년 사이에 많이 허약해지신 것 같아요."

"아무래도 연세가 있으시니까. 그러나 마음은 더욱 맑고 깨끗해지시는 것 같아요."

"정말 그래요. 요즘엔 스승님 앞에 나가면 수정으로 만들어진 궁전에라도 들어가 있는 듯합니다. 마치 내 몸까지 투명해지는 느낌이라고요."

"투명하면 차라리 괜찮은데, 자기 혼자만 더러운 돌멩이처럼 여겨지지는 않던가요?"

"그렇게 실례가 되는 말을 하면 안 돼요!"

"나는 요즘 스승님 앞에 나가면 묘하게 차분한 기분이 되더군요."

"그건 어떤 기분이죠?"

"어떤 기분이라고 말로는 설명할 수가 없어요. 마음으로부터 차오르는 기쁨을 느낀다고나 할까요?"

공자의 제자들 가운데 20대 젊은이들 10여 명이 모여서 잡담을 하고 있었다. 그 중 가장 나이 많은 자유는 25살이고 동갑인 자여와 자류子柳는 24살, 그 아래로는 자장·자천·자로, 자순子循 등이 고만고만하게 섞여 있었다.

자여는 나이에 비해 원숙한 편이다. 본명이 증삼曾參인 그는 겉보기엔 둔해 보이지만 겸손한 성격으로 공자의 제자 중에서 가장 장래가 촉망되는 청년 중 한 사람이다. 세 살 위인 유약有若이나 두 살 위인 자하가 있으면 자여와 어울릴 상대가 되겠지만 오늘 이 자리에는 나와 있지 않다.

잡담은 아직 계속되고 있다.

"그건 그렇고, 요즘 스승님은 잠자코 계실 때가 많은 것 같아요. 별로 가르침을 주시지도 않고."

"꼭 그렇지만은 않아요. 엄청 꾸중을 많이 듣는 사람들도 있어요. 나도 그 부류에 해당되지만."

"당신은 워낙 특별하니까."

"무슨 소리! 당신도 노상 스승님께 질책당하고 있잖소?"

"아, 그렇다고 싸우지는 맙시다. 아무튼 스승님이 입을 다물고 계실 때가 더 많아진 것만은 틀림없어요."

"그런가? 나는 별로 그런 생각 안 해 봤는데요."

"이전에 비해 침묵하시는 경우가 더 많은 건 사실이죠."

"갑자기 그렇게 되신 건 아닐 거예요. 원래 불필요한 말씀은 잘 안 하시는 분이잖아요."

"그런데 지난번에 재미있는 일이 있었어요."

"어떤 일이죠? 스승님에 관한 이야기요?"

"네. 그들도 당신처럼 스승님이 입을 다물고 계신 것에 불만을 품었던지 대여섯 명이 찾아가서 항의를 했다더군요."

"흥미롭군요. 그래서 어떻게 항의를 했나요?"

"스승님이 다른 사람들은 지나치리만큼 철저하게 가르쳐주시고, 자신들에게는 하나도 가르쳐 주시지 않는다고 말했다는 거예요."

"너무 큰 무례를 저질렀군요."

"무례라뇨? 우리도 동감인데요."

"동감이 아닌 사람도 있어요."

"일단 얘기를 들어 봅시다. 그래 스승님은 뭐라고 말씀하셨나요?"

"그야 뭐 뻔한 것 아닌가요?"

"똑똑한 척은. 그럼 당신은 스승님의 대답을 예상하고 있었단 말인가요?"

"아니, 예상하고 있지는 않았어요. 그랬다면 함께 항의하러 갔을 리가 없잖아요?"

"당신도 함께 갔었군. 그럼 뻔한 것도 아니잖소?"

"솔직히 한 대 얻어맞은 듯한 기분이었어요."

"대체 뭐라고 대답하셨는데요?"

"그건 평소 스승님의 마음가짐을 알고 있으면 짐작할 수 있을 거요."

"이봐요, 거드름 피우지 말고 말이나 해 봐요."

"거드름 피우는 거 아녜요. 실은 여러분도 나와 마찬가지로 스승님을 진정으로 이해하지 못한다는 걸 알고 약간 마음이 놓였어요."

"무슨 소릴 하는 거요?"

"그렇게 화만 내지 말아요. 이제부터 이야기할게요. 그런데 증삼은 굳이 말하지 않아도 짐작이 가지 않을까요?"

그러자 모두들 증삼을 바라보았다. 증삼은 빙그레 웃기만 할 뿐 아무 대답도 하지 않았다. 그는 먼저 연장자인 자유를 바라본 다음 동료들을 돌아보며 고개를 약간 숙였다.

"증삼도 알지 못한다면 더욱 안심이 되는군요. 아무튼 스승님은 이렇게 대답하시더군요. '도대체 너희는 내게 무슨 통찰력이라도 있는 줄 아는 모양인데, 내가 나아가는 길에는 그것이 없다. 나는 일상 생활 속에서 도를 구현시켜 가려는 거야. 너희가 뭔가 배우고 싶으면 내 생활을 보면 돼. 언어는 도가 아니다. 내가 입으로 말하지 않는다고 해서 무엇을 감추고 있는 건 아니야. 다만 공구라는 인간은 그러한 인간이라고 생각해 다오.' 어때요, 한 대 얻어맞은 듯한 기분이 들지 않나요?"

모두들 잠자코 생각에 잠긴 가운데 증삼은 여전히 미소 짓고 있었다.

"그래, 당신들은 뭐라고 말했어요?"

잠시 후에 또 한 사람이 물었다.

"모두들 부끄러워서 아무 말도 못 했습니다."

"그리고는 스승님이 무슨 말씀을 안 하셨나요?"

"말씀을 하셨어요. 몹시 침통한 어조로⋯⋯. 지금 분명히 기억하고 있지는 않지만, 대충 이런 의미였지요. '언어 자체는 무력한 것이다. 수동적으로 학문을 하고 있는 사람에겐 아무리 많은 말로써 가르쳐 봤자 소용이 없는 거야. 그러므로 나는 너희가 구도자로서 분발하지 않는 한 너희를 이끌어 줄 수 없다. 너희는 스스로 알고 있지도 않으면서 타고난 재치로 언어를 구사하려고 하는데, 나는 너희가 제대로 도리를 터득한 다음에 그것을 표현하려고 애쓰는 걸 보기 전에는 정확한 가르침을 줄 수가 없다. 물론 나는 너희에게 도리의 한쪽 면만을 제시할 것이다. 너희는 그 한 구석을 실마리로 하여 스스로 나머지 세 구석을 발견해야 한다. 만일 그것이 불가능하다면 나는 너희를 더 이상 가르칠 수가 없어.' 대체로 이런 내용이었어요."

"스승님의 마음을 짐작할 만하군요."

"그래도 질책이라도 들은 사람은 안 들은 사람보다는 나은 편일까요?"

"질책도 질책 나름이지."

"물론 그렇겠죠. …….그런데 항의하러 갔던 사람들은 그대로 물러나왔나요?"

"그럴 수밖에 없잖아요."

"기개가 부족하군. 나 같으면 할 말이 있었을 텐데."

"실력이 대단한 모양이군요. 어디 한번 들어 봅시다."

증삼도 눈을 반짝이면서 그를 바라보았다.

"스승님이 오직 실천만으로 우릴 이끌어 주시려는 정신은 잘 알 수 있어요. 또 어떤 사람에게는 자상하게 설명하시고 어떤 사람에게는 별 말씀이 없으신 이유도 짐작이 갑니다. 그러나 스승님이 같은 질문을 받아도 질문한 사람에 따라 다른 대답을 하시는 까닭이 무엇인지는 도저히 이해할 수가 없거든요."

"그야 당연히 질문하는 사람마다 총명함의 정도가 다르기 때문이죠."

동료들의 표정에 긴장이 풀렸다. 증삼도 다시 미소지었다.

"총명함의 정도에 따라 다르게 대답하시리라는 것쯤은 나도 알고 있어요. 그런데 스승님은 가끔 완전히 모순된 말씀을 하시거든요."

"이를테면요?"

"어떤 사람이 '도리를 알았으면 곧 실행에 옮겨야 할까요?' 하고 물었더니, 일단 어버이나 형제들과 상의한 연후에 실천에 옮기라고 하셨다는 거예요. 그런데 또 어느 때 다른 사람이 같은 질문을 했더니 즉시 실행하라고 딱 잘라서 대답하셨다는 겁니다."

"그렇게 질문한 사람은 누구요?"

"확실치는 않지만, 선배이신 자로와 염유 두 분으로 알고 있습니다. 공서화公西華가 이 이야기를 전해 듣고 스승님에게 그 모순을 지적하겠다고 말하고 있지만, 나도 기회가 되면 물어보려고요."

"그것도 자로나 염유 두 분의 인품이 다르기 때문에 다른 대답을 하신 게 아닐까요?"

"그럴지도 몰라요. 하지만 인품이 다르다고 해도 정도 문제 아닌가요. 근본이 뒤흔들리면 우리는 의지할 데가 없어져 버립니다. 원래 우리가 스승님을 모시고 학문을 익히고 있는 것도 부동의 원리를 파악하기 위한 것이잖아요. 그런데 어버이나 형제의 의견에 의해 좌우될 수 있다면 그건 부동의 원리가 될 수 없는 겁니다. 우리가 그토록 허술하고 불완전한 것에 매달려 있는 겁니까? 우리는 시공을 초월하여 누구에게나 통하는 보편적 진리를 찾고 있는 거잖아요."

"찬성이오, 찬성이오."

몇 명이 덩달아 외쳤다. 그 중 한 명이 동료들의 눈치를 살피며 뇌까렸다.

"그러고 보니 우린 여태 말초적인 것만 배워온 셈이네요."

"말초적이란 말은 지나쳐요."

"어쨌거나 도덕적 기교에 관한 경우가 많은 것 같아요."

"기교도 기교지만 좀 산만한 것 같습니다."

"산만한지 어떤지는 모르지만 개인적인 것만은 틀림없어요."

"증삼, 당신은 어떻게 생각하오?"

증삼은 아까부터 근심스러운 얼굴로 동료들이 하는 말을 듣

고 있었다. 그는 너무나 천박한 동료들의 태도에 가슴이 아팠
다. 그러므로 자신이 생각하고 있는 바를 말해 주고 싶었다.
그러나 공자가 이 이야기를 듣고 어떤 반응을 나타낼지는 짐
작이 안 갔다. 지금 당장 말을 꺼낸다면 표면적인 문제는 해결
될 것이다. 하지만 그것이 진정한 해결은 될 수 없다. 도리어
공자의 교육방침을 깨뜨리는 결과를 가져올지도 모른다는 판
단이 들었다.

'스승님은 말로만 해결하는 데는 만족하지 않는 분이다. 그
리고 나는 모든 기회를 최고도로 살려 가는 스승님의 태도가
이 경우에 어떤 형태로 나타날지, 그것이 궁금하다.'

그는 속으로 이런 생각을 하며 넌지시 말을 꺼냈다.

"곧 스승님이 나오실 겁니다. 이건 중요한 일이니 직접 물어
봅시다."

"당연히 스승님에게도 물어봐야죠. 그러나 당신의 의견을
한번 들어 보고 싶은데요?"

상대는 약간 비꼬는 듯한 어조였다. 그러나 증삼은 냉정을
잃지 않았다.

"나도 정확하게 말할 수 있는 건 없어요."

이야기는 계속되었지만 아무리 시간이 흘러도 핵심에는 다
가가지 못했다. 개중에는 공자의 권위를 손상시키는 말을 아
무렇지도 않게 지껄이는 사람도 있었다. 증삼은 이래서는 안

되겠다고 판단했다. 우선 자신의 생각을 말해서 결말을 지어야겠다고 생각한 것이다.

그 순간 마침내 공자가 나타났다.

"왜 이렇게 떠들썩한가?"

공자는 예의 바르게 그를 맞이하는 제자들을 지나 정면에 앉았다.

곧이어 연장자인 자유가 인사를 올리며 오늘 자신들이 화제로 삼았던 이야기를 조심스레 꺼냈다.

공자는 물처럼 맑고 깨끗한 눈으로 이야기를 경청하던 중 자유가 제자리에 앉자 제자들을 둘러보았다. 곧이어 증삼을 향해 낮지만 힘 있는 목소리로 말하였다.

"증삼, 나의 도는 오직 하나로 관철되어 있다."

증삼은 공손하게 고개를 숙이며 확신에 찬 음성으로 대답하였다.

"그렇습니다."

그러자 공자는 자리에서 일어나 천천히 방을 나가 버렸다.

제자들은 공자의 발걸음 소리가 사라지자 여우에 홀린 것처럼 멍하니 서로 얼굴을 마주보았다. 그렇게 한동안 아무도 입을 열지 않았다. 증삼은 이들에게 예를 갖춘 뒤 방을 나가려고 했다. 그러자 동료들은 황급히 그를 불러 세웠다.

증삼이 멈춰 서서 그들을 바라보았다.

"아까 스승님의 그 이야기는 대체 무슨 뜻이오?"

한 사람이 물었다.

"오직 하나라고만 말했을 뿐이에요. 무슨 뜻인지는 몰라도."

다른 한 사람이 말하였다.

"증삼은 뭔가 알고 있는 듯이 대답하던데, 정말 자신이 있었소?"

또 다른 사람이 따지듯이 물었다.

그들은 어느 틈엔가 증삼을 에워싸고 있었다. 그리고 모두들 몹시 긴장된 얼굴로 그의 대답을 기다렸다.

증삼은 그들을 향해 조용히 대답하였다.

"스승님의 도에는 정성을 다해 남의 마음을 헤아려 주는 일 밖에 없습니다."

동료들은 아직 어안이 벙벙한 표정이었다. 증삼은 계속 말을 이었다.

"여러분은 스승님의 가르침이 말초적이다, 도덕의 기교에 지나지 않는다, 산만하다, 개인적이다, 어떻다 하면서 제멋대로 떠들고 있지만, 잘 생각해 보면 모든 것이 방금 말한 하나의 원리에 대한 구체적인 발전임을 알 수 있을 것입니다. 스승님은 결코 원리를 추상적으로 설명하시지 않습니다. 언제나 현실적인 상황에 대입시키며 우릴 이끌어 주고 계시죠. 그러므로 보기에 따라서는 개인적이거나 산만하게 느껴지기도 할 것입니다.

그러나 내 경험에 비추어 보면 스승님은 말 한 마디도 원리에 의거하지 않은 것이 없었어요. 나는 요즘 그걸 깨닫고 나날이 경탄하고 있을 뿐이오. 생각해 보면 모든 가르침이 하나의 원리에 입각하고 있음을 알 수 있어요. 일상의 예의범절로부터 세상을 백성을 다스리는 큰일에 이르기까지 추호도 어긋남이 없습니다."

동료들은 모두 고개를 끄덕였다. 증삼은 아직 만족스럽지 않다는 듯 다시 힘주어 말하였다.

"하지만 그것은 스승님이 머리로 조직화하신 것이 아닙니다. 두뇌가 아무리 치밀해도 그처럼 모든 게 빈틈없이 들어맞을 수는 없을 겁니다. 스승님에게 있어 원리는 이론이 아니라 충심에서 우러나는 소망입니다. 체험을 거듭함으로써 얻어진, 말하자면 생명의 논리지요. 스승님은 이미 그것 없이는 한시도 살아갈 수가 없어요. 물론 즐거움도 없지요. 그러므로 아무런 꾸밈도 없이 모든 언어와 행동이 원리에 부합되며 영롱한 전일슞一 : 완전한 모양의 모습을 보이시는 것입니다."

여기까지 말해 놓고 증삼은 문득 당황스러운 기분이 되었다. 어느 틈엔가 그는 자신이 동료들에게 설교를 하고 있음을 깨달은 것이다. 그는 갑자기 입을 다물고 얼굴을 붉혔다. 이어 달아나듯이 방을 나가 버렸다.

동료들은 황당한 눈길로 그의 뒷모습을 바라보았다. 그리고 잠시 후 그들은 뭔가 알 듯도 하고 모를 것도 같은 표정으로 뿔뿔이 흩어졌다.

군자의 강인함은 완력이나 말주변에 있는 게 아니다.
다급한 상황에서 흔들리지 않고 정의를 지킬 수 있는 힘,
거기에 진정한 강인함이 있다.

길 떠나는 자의 변

자공이 공자에게 물었다.
"아름다운 구슬이 여기 있다면 궤 속에 넣어서 감춰 두시겠습니까?
좋은 값을 놓을 사람을 찾아서 파시겠습니까?"
공자가 답했다.
"팔고말고, 팔고말고! 나는 값을 놓을 사람을 기다리고 있다."

_자한편子罕篇

그 날은 대화 도중 우연히 벼슬길에 오르는 일이 화제가 되었다. 이 자리에는 안연·자로·자공·민자건 등의 제자들 외에 채나라로부터 학문을 익히러 온 칠조개漆雕開도 끼어 있었다.

공자는 한동안 제자들이 하는 말에 귀를 기울이고 있던 중 문득 생각난 듯이 칠조개에게 물었다.

"그건 그렇고, 지난번 이야기는 잘 생각해 보았나?"

"네, 충분히 생각해 보았습니다만……."

칠조개는 약간 얼굴을 붉히며 동료들을 바라보다가 덧붙여 말했다.

"아무래도 제게는 아직 벼슬을 감당할 자신이 없습니다. 자신을 다스릴 힘도 없이 남을 다스린다는 게 어쩐지 두렵기만 합니다. 말씀하시는 대로 따르지 못하여 송구스럽습니다만, 이참에 적당한 다른 분을 천거하여 주셨으면 합니다."

공자는 미소 띤 얼굴로 고개를 끄덕였다. 그러자 자로가 안 됐다는 듯이 칠조개를 바라보며 말하였다.

"그렇게 몸을 사리고만 있으면 기회는 영영 오지 않을 거요. 직접 부딪쳐 봐야 합니다. 힘들여 일하다 보면 자신감도 저절로 붙는 법이오."

"반드시 그렇지만은 않을 겁니다."

이번에는 자공이 말하였다.

"어느 정도 자신이 없으면 처음부터 실패할 수도 있지요. 벼슬길에 첫 발을 내디디면서 백성으로부터 신뢰를 잃는 것은 두려운 일이에요."

"그래도 칠조개는 풋나기가 아니잖습니까. 나야 뭐 나이 값도 못 하고 뒤죽박죽으로 살아가고 있지만요."

자공에겐 자로의 말이 자신을 비꼬는 것처럼 들렸다. 그는 약간 이마를 찌푸리면서 내뱉듯이 말했다.

"내 말은 일반론이에요. 특별히 칠조개에 관해 말하고 있는 게 아닙니다."

"일반론이든 뭐든 이럴 땐 당사자가 용기를 갖도록 해야죠."

안 그렇습니까? 스승님, 저는 칠조개만한 역량이 있으면 그 정도 역할은 충분히 감당할 수 있으리라고 생각합니다만……"

"그건 걱정할 필요가 없을 거야. 문제는 다른 데 있지……."

공자는 자로와 자공의 말을 비교해 가며 설명을 이어갔다.

"나는 이번에 칠조개의 신중하고 사려 깊은 태도, 반성과 겸양의 덕, 그리고 고매한 뜻을 살려 주고자 한다. 그러한 심경이라면 이미 벼슬길에 오르는 일 따위는 문제가 되지 않아. 요즘 사람들은 벼슬하려고 지나치게 서두르는 경향이 있어. 일찍 벼슬길에 나간다고 해서 훌륭한 것은 아니지. 3년 동안 학문에 정진하고도 벼슬을 하려고 하지 않는 사람이 있다면 그 야말로 귀한 인재일 거야."

칠조개는 감격한 듯 눈을 반짝이면서 공자를 바라보았다. 그러나 공자와 눈길이 마주치자 그는 이내 시선을 거두며 고개를 떨궜다.

"그런데……."

공자의 시선은 민자건에게 향했다.

"민자건은 요즘 대부인 계씨로부터 무슨 연락이 없었나?"

"얼마 전에 갑자기 사자를 보내 비라는 곳의 군수를 맡지 않겠느냐고 물어 왔습니다."

"그래서?"

"분명히 사양하겠다고 했습니다. 계씨가 요즘 노나라를 제멋대로 주무르고 있고, 또 비라는 곳은 계씨의 개인 소유라……."

"음, 요즘 계씨의 행위는 언어도단이야. 후국侯國의 신하인 자가 제 집에서 천자의 무악舞樂인 팔일八佾을 추게 했다는 말을 들었는데 더 이상 무슨 짓인들 못하겠나. 네가 사양한 것도 무리는 아니지. 아니, 당연히 사양해야 됐어. 그런데 거절하기가 쉽지는 않았을 텐데, 대체 뭐라고 말했나?"

"자세한 이유는 말하지 않았어요. 그러나 사자로 온 사람이 너무 끈질기게 매달리는 바람에 두 번 다시 날 찾아오면 채나라로 가서 문수강가에 숨어 버리겠다고 엄포를 놓았습니다."

평소 과묵하고 온후한 인품의 소유자인 민자건의 성격상 더할 나위 없이 결연한 의사 표시였다. 공자도 약간 놀란 표정을 지었고 특히 자로는 좋아하는 기색이 역력하였다.

"통쾌하군. 민자건이 저런 말을 할 수 있는 사람인 줄은 몰랐는데요."

그러자 공자가 나무라듯이 자로에게 말하였다.

"그건 민자건이 아니고는 할 수 없는 말이다."

자로는 의아한 표정을 지었다. 공자는 계속 말을 이었다.

"군자의 강인함은 완력이나 말주변에 있는 게 아니다. 다급한 상황에서 흔들리지 않고 정의를 지킬 수 있는 힘, 거기에 진정한 강인함이 있는 거야. 민자건에게는 그 강인함이 있다. 전에도 말한 것처럼 군자는 항상 사물을 판단하거나 자신의 진퇴를 결정할 때 정의를 표준으로 삼지만, 소인은 이해관계를 표준으로 삼는다. 이해를 표준으로 삼으면 진정한 강인함은 기대하기 어렵지. 따라서 민자건처럼 단호하게 말하기가 어려운 거야."

잠시 침묵이 흘렀다. 자로와 민자건은 서로 다른 의미에서 어색하게 고개를 숙이고 있었다.

이때 자공이 공자에게 질문을 던졌다.

"칠조개나 민자건은 그 처신이 매우 훌륭하다고 생각합니다. 그런데 만약 천하에 둘도 없는 아름다운 구슬이 있다고 한다면 스승님은 그것을 영구히 궤 속에 감춰 두시겠습니까, 아니면 적당한 임자가 나타났을 때 파시겠습니까?"

공자는 이내 자공이 교묘한 비유를 들어 자신에게 벼슬길로 나갈 의사가 있는지 여부를 탐색하고 있음을 알아챘다. 그는 곧 웃으면서 대답하였다.

"물론 언젠가는 팔겠지. 단, 분별이 없는 사람에게는 팔지 않을 거야. 그러니까 구슬 값을 제대로 쳐 주는 사람이 나설 때까지 당분간 기다리기로 할까?"

제자들도 모두 그 말뜻을 알아듣고 소리 내어 웃었다. 공자는 곧 진지한 얼굴로 돌아가 지금껏 침묵을 지키고 있던 안연을 바라보았다.

"군자는 만약 누군가 자신의 이상을 높이 써 주면 그 위치에서 당당하게 뜻을 펼치고, 또 만약 아무도 써 주지 않으면 자리에서 물러나 조용히 혼자서 도를 즐길 줄 알아야 한다. 현재로서는 아마도 나와 안연만이 이 두 가지를 해 낼 자신이 있을 것이다."

안연은 다소 당황한 표정으로 무슨 말을 하려고 했다. 그러나 이미 자로가 먼저 앞으로 나선 뒤였다.

"그런데 만일 한 나라의 군대를 이끌고 적국을 공략하게 된다면, 스승님은 어떤 사람과 더불어 일을 하시겠습니까?"

자로는 마음속으로 상당히 분개하고 있었다. 그러면서도 자신이 바라는 대답을 공자로부터 들을 수 있으리라는 확신을 가지고 마음을 가라앉히는 중이었다.

공자는 그런 자로의 기분에는 전혀 개의치 않는 듯했다. 그는 얼굴에 약간 웃음을 머금은 채 혼잣말처럼 읊조렸다.

"세상에는 죽음을 겁내지 않아 맨주먹으로 호랑이에게 대항하거나 뗏목도 띄우지 않고 강을 건너는 용감한 사람도 있지만, 나는 원래 그런 사람하고는 함께 일하기를 두려워하는 편이다. 만일 전쟁을 하게 된다면, 내 참모로는 주의 깊고 지혜로우며, 용의주도하고 확신에 찬 모습으로 일을 수행하는 사람이 필요하리라고 생각한다."

자로는 그 순간 마치 호랑이를 잡으려다 실족하여 벼랑 끝에서 추락하는 것만 같은 기분이었다. 안연과 민자건은 시선을 아래로 깔고 바닥을 내려다보았다. 예민한 자공의 시선이 공자와 자로 사이를 몇 번이나 오갔다. 칠조개는 무릎 위의 두 손을 만지작거리기만 했다.

공자가 다시 입을 열었다.

"그렇지만 내가 삼군三軍을 지휘하는 일은 없을 것이다. 그보다 나는 바다에 나가 뗏목이라도 타고 싶구나. 어차피 뜻을 펼쳐 볼 희망이 없는 세상에선 우물쭈물할 이유가 없거든."

모두들 깜짝 놀라 공자의 얼굴을 바라보았다. 그러자 공자가 슬며시 미소지으며 덧붙여 말했다.

"그런데 만일 뗏목을 타고 바다에 나간다면, 나를 따라올 사람은 자로일 거야."

자로는 눈을 반짝이면서 다음 말을 기다렸다.

"어떤가, 자로. 둘이서 표표히 바다로 나가 뗏목을 타 보는 것도 재미있지 않겠나? 자네처럼 용감한 사람이 따라와만 주면 나로서도 안심이 되지."

공자는 말하면서 자로를 찬찬히 응시하였다. 자로는 감격으로 온 몸이 떨려오는 듯했다.

공자는 하던 말을 계속하였다.

"그러나 자로, 바다로 가더라도 우선 안심할 수 있는 뗏목을 준비하는 일이 중요해. 뗏목이 없이 바다로 나가는 건 무모한 짓이니까. 자네는 용기를 사랑하는 면에선 나보다 확실히 월등하지만, 어째, 훌륭한 뗏목을 준비할 수 있겠나?"

자로는 다시금 고개를 푹 숙였다.

"이런 이야기는 이제 그만하기로 하자. 진짜로 바다로 나가려는 건 아니니까 말일세. 자공도 안심해라. 좋은 사람이 사겠다고 나서면 언제든 구슬을 팔겠다는 게 나의 본심이니까……"

이번에는 자공의 얼굴이 붉어졌다. 안연과 민자건, 칠조개 등의 얼굴에는 희미한 미소가 떠올랐다 곧 사라져 버렸다.

공자는 잠시 후 자리에서 일어나 방을 나갔다. 그때까지 제자들은 엄숙한 침묵 속에서 각기 무언가 골똘한 생각에 잠겨 있었다.

영원히 흘러가는 것

"지나가는 것들은 흐르는 물과 같구나! 밤낮 없이 쉬지 않는구나!"
공자가 흐르는 냇가에서 말하였다.

_자한편子罕篇

대자연의 위대한 침묵 속에서 석양이 초원 저편으로 기울어 가고 있었다. 강물은 검붉은 노을빛을 흩트러뜨리며 시시각각 먼 안개 속으로 사라져 갔다.

공자는 오늘도 한 명뿐인 동자를 데리고 강변의 넓은 모래밭에 우뚝 서 있었다. 해질녘 천지 간에 드러난 그 모습은 차갑고도 엄숙해 보였다.

생각해 보면, 70여 년을 한결같이 갈고 닦아 온 그의 생애는 고독의 연속이었다. 오랫동안 방랑하며 여러 나라를 떠돌아 다녔지만 그는 끝내 자신의 이상을 펼칠 수 있는 한 사람의 명군도 발견할 수 없었다. 50년간 노고를 함께한 부인 상관上官도 먼저 세상을 떠나고 말았다. 게다가 외아들인 백어伯魚의 죽음마저 지켜보아야만 했다. 무엇보다도 가슴 아픈 일은, 삼천

명의 제자들 중 자신의 도를 전할 수 있는 유일한 사람으로 큰 희망을 걸어온 안회가 일찍이 세상을 떠나 버린 일이었다. 부인과 아들의 죽음은 견딜 수 있었던 그도 안회가 죽었을 땐 절망에 가까운 충격을 받았다.

"오, 하늘이 나를 버리셨다. 하늘이 나를 버리셨다!"

공자는 그때 자기도 모르게 이렇게 외쳤다. 그러다 이윽고 관棺앞으로 다가갔을 땐 끝내 흐느껴 울고 말았다. 그가 평정을 잃은 모습을 보고 놀란 제자들은 돌아가는 길에 이런 말을 했다.

"오늘은 스승님도 소리 내어 우시더군요."

공자는 아직 마음의 동요가 완전히 가라앉지 않은 상태로 반문하였다.

"그래? 내가 울었나?……. 하지만 안회를 위해 울지 않으면 대체 누구를 위해 울란 말이냐?"

몇 날 며칠이 지나도 그의 슬픔은 쉽사리 사라지지 않았다. 두 번 다시 절규하거나 눈물을 흘리지는 않았지만 그의 가슴 속에는 '영원한 고독'이 차가운 나래를 접었다. 침묵은 이제 그에게 가장 좋은 반려자가 되었다. 또한 석양과 흘러가는 강물이 날마다 그를 강변으로 끌어당겼다.

오늘도 그는 모래밭에 우뚝 서서 생각에 잠겼다.

— 이제 나의 수명은 얼마 남지 않았다. 일생을 돌아보건대,

나는 결코 태만했다고는 생각하지 않는다. 나는 끊임없이 몸을 닦으며 옛 성인들의 도를 익혀 왔다. 그리고 가능하면 내가 몸으로 깨우친 도를 여러 제후들에게 설파하고 또 삼천 명의 제자들에게 전달하려고 노력했다. 아울러 시詩·서書·춘추春秋를 정리하고, 예악禮樂을 바로잡으며, 역易을 구명하고, 그 문헌들을 후세에 전달할 준비도 거의 해놓았다.

그런데 나는 이대로 죽어 가도 되는 것일까? 안회가 죽고 없는 마당에 진정으로 몸소 도를 받들고, 인仁 속에서 살아가는 사람이 지금 어디에 있단 말인가? 도는 언어가 아니며 진리는 개념이 아니다. 내가 후학들에게 요구하고 있는 것은 말이 아니라 실행이다. 만일 내가 이대로 죽는다면, 나는 대체 평생 무슨 일을 했다고 말할 수 있겠는가? 그러므로 나는 아직 죽을 수 없다. 결코 죽을 수 없다. 단 한 명의 진정한 후계자를 얻을 때까지는.

그러나 강물은 시시각각으로 흘러갈 뿐 돌아오지 않았다. 초원 너머엔 붉은 태양이 기울어 가고 있었다. 그는 자신의 마지막 순간이 다가오고 있음을 느끼지 않을 수 없었다.

'안회야, 안회야.'

심연으로부터 울려 퍼지는 듯 쓸쓸한 목소리가, 석상처럼 굳어진 그의 몸 안에서 초겨울의 찬바람 소리를 내며 흐느껴 울었다. 그 순간 '영원한 고독'이 그를 '무한한 허무' 속으로

밀어 넣으려 하는 것만 같았다.

　그러나 이 순간에도 그 마음의 기둥은 결코 흔들리지 않았다. 70년 세월의 고투에 의해 쟁취한 영혼의 자유로움이 그를 그대로 지탱하고 있었다.

　"천행건야天行健也라……."

　그는 조용히 역易의 한 대목을 읊조렸다.

　물은 연이어 샘솟아 오르듯이 흐르고 있다. 흐르는 세월의 종말을 응시하고 있던 그는, 이제 눈을 돌려 먼 강물의 근원을 바라보며 사색에 잠겼다.

　'생명의 샘물은 무진장하다. 안회는 죽었다. 머지않아 나도 죽으리라. 그러나 하늘의 의지는 그칠 날이 없다. 옛 성인의 도는 영원히 멸망하지 않을 것이다.'

　태양은 마지막 남은 한 조각의 빛을 구름에 남긴 채 초원으로 넘어갔다. 모래사장에 어둠이 깔렸다. 그러나 공자의 가슴에는 내일 아침에 솟아오를 태양이 찬연하게 빛나기 시작했다. 그는 동자를 재촉하여 걸음을 옮겼다.

　"오, 물이 흘러간다, 흘러간다. 밤이고 낮이고 끊임없이 흘러간다. 저 물처럼 하늘의 의지도 영원히 흘러가리라."

정성을 기울여 쏟아낸 말은 언젠가는 살아난다.
태산 꼭대기에 내린 빗물이 땅에 스며들고 이윽고
강물을 이루어 바다로 흘러가듯이…….

태산에 오르다

공자가 말하였다.
"나는 열다섯 살 때 학문에 뜻을 두고, 서른 살 때 독립하고, 마흔 살 때 망설이지 않게 되고, 쉰 살 때 천명을 알게 되고, 예순 살 때 남의 말을 순순히 듣게 되고, 일흔 살 때 마음 내키는 대로 좇아도 법도를 넘어서지 않게 되었다."

_위정편爲政篇

    공자는 태산泰山 꼭대기의 내리쬐는 햇빛 속에서 조용히 먼 곳을 응시하고 있다. 그를 둘러싸고 있는 제자들도 돌처럼 말이 없었다.

    하늘은 비취처럼 투명하고, 끝없이 푸르다. 그 푸른 하늘 밑에서 고요하면서도 무한한 고뇌를 안은 채 천하는 그 운명적인 호흡을 하고 있다. 하늘과 땅의 경계는 어디인가.

    "태산에 오르는 일은 이번이 마지막이다."

    잠시 후 공자는 제자들을 돌아보며 이렇게 말했다.

    제자들에게 도를 설파하는 일 외에 공자에게 허용된 유일한 일은 고전을 구명하는 일이었다. 정치에 참여하여 뜻을 펼치기에는 그의 지혜가 제후들의 사고와 너무나 동떨어져 있었다. 공자 또한 자신의 중국에 대한 마지막— 그리고 최상의— 선물은 고전의 줄기찬 구명 작업임을 너무나 잘 알고 있었다.

태산은 중국에 있어서나 그 자신에게 있어서나 성스러운 산이다. 그는 최근 들어 이 성스러운 산에 오르고 싶은 강한 충동을 느껴 왔다. 서재에서의 작업에 싫증을 느껴서가 아니다. 옛 성인의 도를 구명하는 일은, 그 자신이 태산 꼭대기에 오름으로써 진정한 완성의 경지에 오를 것이라 믿었기 때문이다.

오늘 공자는 가까스로 그 소망을 이루었다. 공자의 눈과 귀, 정신은 무한한 과거와 영원한 미래 사이에서 더욱 밝아지고 있었다.

"이번이 마지막이지만, 사실 처음이기도 하다."

공자는 혼잣말처럼 뇌까리며 한 번 더 먼 곳을 응시하였다.

제자들이 서로 얼굴을 마주보았다. 공자는 전에도 몇 번 태산에 오른 적이 있다. 70살이 넘은 한두 해 동안은 서재에서 일에만 파묻혀 지냈지만, 그전에 여행을 떠나거나 돌아오는 길엔 가끔 이 산에 오르곤 했다. 그러니 제자들은 '처음'이라는 말의 의미를 알 수 없었다.

공자는 제자들의 의문에는 아무 관심도 없는 듯 천천히 걸음을 옮겼다. 그러면서 주위의 나무나 돌을 하나하나 자세히 살펴보았다. 제자들은 묵묵히 그 뒷모습을 바라보고 있었다.

"태산의 마음은 깊다. 나는 오늘 비로소 태산의 품속에 들어갈 수 있었다."

순간 제자들의 가슴에 어떤 전율이 일었다. 불멸의 영혼, 그들은 다시금 서로 얼굴을 마주보며 눈으로 속삭였지만 누구도 입을 열지 않았다.

"더 이상 미련은 없다. 서재에서 할 일이 약간 남아 있을 뿐이지."

제자들은 세 번째로 서로 얼굴을 마주보았다. 이러다 스승의 모습이 태산 꼭대기에서 그대로 하늘로 승천하는 건 아닐까 하는 두려움마저 들었다. 그들은 약속이라도 한 것처럼 공자에게 다가갔다.

이미 공자는 그들을 돌아보며 언제나처럼 온화하게 미소 짓고 있었다. 그 미소 속에는 무한한 근심과 무한한 기쁨이 혼연히 섞여 있다. 인생의 고뇌를 통해 끝없이 영혼을 연마한 사람만이 갖고 있는 미소. 제자들은 그 미소를 접하는 순간 '성인 공자'인 '인간 공자', 나아가 '우리 모두의 공자'를 볼 수 있었다.

제자들의 기분이 갑자기 가벼워지면서 말이 술술 흘러나왔다.

"스승님, 피로하시지 않습니까?"

"저 험준한 고개를 올라오는데 스승님의 걸음이 그렇게 가벼우신 걸 보고 놀랐습니다."

"산에 오르는 일만은 스승님에게 지지 않는다고 믿었는데 오늘 스승님 모습을 뵈니 그것도 자신이 없어졌습니다."

"스승님이 백 세까지 사시는 게 결코 저희의 희망 사항만은 아니란 사실을 확인하고 나니 더 이상 바랄 게 없이 유쾌합니다."

젊은 제자들이 쉴새없이 재잘거렸다. 공자는 손자들과 이야기하듯 일일이 고개를 끄덕이다가 잠시 눈을 감았다.

"모두들 거기 앉거라. 오늘은 할 이야기가 있어."

말을 마친 공자는 편편한 돌 위에 앉았다.

제자들도 곧 풀밭 위에 앉았다. 그리곤 유달리 눈빛을 반짝이며 스승을 바라보았다.

이윽고 공자는 제자들을 모두 둘러본 다음 천천히 입을 열었다.

"오늘은 나의 일생에 대해 이야기하고자 한다. 말하자면 마음의 이야기지. 그러니까 내 마음이 태산의 마음과 융합될 때까지 어떤 고갯길을 올라왔느냐 하는 이야기를 해 보려는 거야."

그는 여기까지 말하고 갑자기 쓸쓸한 표정을 지었다. 제자들 중에서 그가 가장 사랑했던 안회와 자로를 볼 수 없었기 때문이다. 안회는 병으로 사망했고, 자로는 위나라의 내란에 참전하여 목숨을 잃었다. 공자는 그 두 사람과 생전에 이런 곳에서 이런 이야기를 할 수 있었으면 얼마나 좋았을까 생각하며 새삼 그리움에 젖었다.

훌륭한 제자로서 이 자리에 함께 하는 사람은 자공 하나뿐이다. 그는 최근 들어 눈부시게 학문적 진전을 보이고 있다. 그러나 죽은 두 명의 제자, 특히 안회에 비하면 산꼭대기와 산허리 정도의 차이가 난다. 공자는 이제부터 자신이 하려는 이야기를 과연 그가 진정으로 이해할 수 있을지, 머리로는 이해해도 실천적 양식으로써 가슴으로 맛볼 수 있을지 의문이었다. 더구나 그 밖의 제자들은 말할 것도 없다고 생각하니 벌써부터 힘이 빠져 버리는 듯하다.

그렇다고 자신의 이야기를 그만두고 싶지는 않았다.

'정성을 기울여 쏟아 낸 말은 언젠가는 살아난다. 태산 꼭대기에 내린 빗물이 땅에 스며들고 이윽고 강물을 이루어 바다로 흘러가듯이……'

이런 생각을 하면서 그는 다시 입을 열었다.

"내가 처음으로 학문을 익히려고 했을 땐, 이미 열다섯 살이 되어 있었다."

제자들은 그 말에 의아한 표정을 지었다. 일반적인 사대부 가문의 자제는 열세 살에 시를 익히고 음악을 배우도록 되어 있었다. 그런데 어린 시절 공자의 집안이 아무리 가난했어도 열다섯 살이 될 때까지 전혀 아무런 공부도 하지 않았다는 게 믿어지지 않았기 때문이다.

"물론 그때까지도 스승 밑에서 글을 배우기는 했지. 하지만 학문의 존귀함을 깨우치고 스스로 배우려는 열망을 갖기 시작한 건 열다섯 살 때의 일이야. 부끄러운 말이지만 그때까지는 마치 꿈을 꾸듯이, 아무런 자각도 없이, 그저 가르치는 대로 흉내를 내고 있었을 뿐이지. 흉내는 학문이 아니야. 진정한 학문은 스스로 구하며 힘쓰는 데서 시작되는 것이지."

제자들은 모두 고개를 끄덕였다. 개중에는 자기도 모르게 눈을 내리깔거나 얼굴을 붉히는 사람도 있었다.

"그 나이 때 나는 겨우 스스로 할 일에 눈을 뜨고 학문에 뜻을 두기는 했지만 가난 때문에 공부에 전념할 수는 없었다. 그러나 또 한편으로 생각해 보면 가난 덕분에 여러 가지 일들을 해 낼 수 있었지. 그래서 지금 돈 계산을 할 수도 있고, 창고지기나 가축을 돌보는 일 같은 건 제대로 해 낼 자신이 있어."

"스승님, 그러니까 생각납니다만……."

자공이 갑자기 말참견을 하고 나섰다.

"오나라 대재大宰가 스승님을 일컬어 성인이라고 했습니다."

"오나라 대재?"

"네. 그렇습니다. 그는 스승님이 시서詩書, 예악禮樂으로부터 아랫사람들이 하는 일까지 모르는 게 없다면서, '이러한 사람이야말로 성인이라 해야 할 것이니, 참으로 다재다능하시다'라고 경탄을 금치 못했습니다."

"음, 그래 너는 뭐라고 대답하였느냐?"

"'스승님은 하늘의 뜻과 합치되는 큰 덕을 갖추고 계십니다. 그런 의미에서는 성인이라 할 수 없는 분이지요. 물론 다재다능하시기도 합니다'라고 대답했습니다. 저는 성인과 다재다능한 것은 전혀 무관한 일이라고 생각했기 때문입니다."

"음, 그러나 대재가 나를 다재다능한 사람이라고 말한 건 맞는 말이다. 방금 말한 대로 젊은 시절 집안 형편 때문에 여러 가지 일들을 배웠기 때문이지. 하지만 대재는 군자의 뜻을 알지 못하는구나. 다능은 군자의 도가 아니지."

공자는 성인이라고 한 말에 대해서는 토를 달지 않았다. 자공은 자신이 대재에게 한 말이 결코 틀리지 않았다는 사실에 기쁨을 감추지 못했다.

"스승님은 세상이 써 주지 않았기 때문에 다재다능하게 되셨다고 자장子張에게 말씀하신 적이 있다던데요?"

젊은 제자 한 사람이 불쑥 끼어들었다.

"맞는 말이다. 세상이 써 주지 않으면 가난한 데다 할 일이 없는 사람들은 닥치는 대로 일을 하게 되는 거지. 이것은 비단 젊은 시절의 나에게만 해당되는 얘기는 아니야. 하지만 나는 열다섯 살 이후로 학문의 길을 잊고 다른 데로 빗나간 적이 한

번도 없다. 덕분에 스물두세 살 때에는 대체로 내가 깨우친 것을 사람들에게 가르칠 만한 자신도 생기고, 또 스스로 세상에서 해나갈 일을 분명히 깨닫게 된 거야.

나의 길은 그때부터 오늘에 이르기까지 조금도 달라지지 않았다. 다만 충실하게 옛 성인의 도를 밝히는 데 전념해 왔을 뿐이야. 나의 도에 나만의 창의적인 것은 없다. 옛 성인의 도는 완전무결하므로 그를 믿고 따르며 그대로 세상에 전해 주기만 하면 돼. 은나라의 성인 노팽老彭이 그런 분이었지. 나는 모자란 대로 노팽을 닮으려고 했던 것이다."

"스승님!"

이때 젊은 제자 한 사람이 외쳤다.

"저희는 스승님의 가르침이 옛 성인의 가르침에 지나지 않는다고는 믿고 싶지 않습니다. 그건 스승님이 너무 겸손하게 말씀하시는 것 아닌가요? 우선 만일 옛것을 전해 주는 일만이 인간의 도라고 한다면, 세상은 아무런 진보도 없을 것입니다. 그렇기 때문에 은나라 탕왕의 세숫대야에도 일신日新 우일신又日新이라고 쓰여 있지 않습니까. 저희는 스승님으로부터 그 말을 수도 없이 배웠습니다만……."

공자는 잠자코 미소만 짓고 있다가 이야기가 끝나자 돌연 엄숙한 표정으로 변했다.

"그건 네가 잘못 생각하고 있는 거야. 옛 성인의 도를 이 태산에 비유해 보자. 누구든 이 태산의 꼭대기에 오르지 않고 한 치라도 그것을 더 높일 수 있으리라고 생각하나? 성인의 도에 한 가지라도 창의를 더하려면, 우선 옛 성인의 도를 완전히 이해해야 되는 것이다. 머리로만 이해하면 안 돼. 마음과 몸으로, 실천을 통해 진리가 온전히 자신의 것이 되도록 만들어야지. 나는 오늘까지 그렇게 되도록 노력해 왔어. 또한 끊임없는 노력한 결과, 옛 성인의 도가 완전무결한 것에 더욱 놀랄 뿐이야.

너는 세상의 진보를 바라고 있는 것 같은데, 세상을 진보시키려면 우선 네 자신이 앞서 가는 게 진보의 첩경이지. 어떤가. 자네는 이제 옛 성인의 도를 진정으로 알게 되었나? 옛 성인 이상의 도를 내게서 배우고자 할 만큼 스스로 준비가 되어 있는가 말일세. 만일 그런 준비가 되어 있지 않다면 탕왕의 세숫대야에 쓰여 있는 것처럼 자신의 묵은 때를 제거함으로써 나날이 새로워져야 할 것이다."

제자는 고개를 푹 숙였다. 공자는 계속해서 미소 띤 얼굴로 말을 이었다.

"그럼 이야기를 계속해 보자. 내가 음악을 소홀히 해서는 안 된다는 것을 통감한 것도 그 무렵의 일이었다. 그래서 서른 살 때 악사인 양자襄子로부터 거문고를 배웠지. 물론 어린 시절부터 음악 공부는 계속하고 있었어. 그러나 당시 양자는 음악의 일인자였기 때문에, 그런 사람에게 한번 배워 보고 싶었던 거야."

"양자의 음악은 어떠했습니까? 상당히 유명했던 분으로 알고 있습니다만……."

한 제자가 말하였다.

"참으로 훌륭한 음악이었지. 훗날 생각해 보니, 한 고비의 노력이 아쉬운 점도 있었지만……."

"한 고비의 노력이라니요?"

"역시 마지막으로 그 일을 완성시키는 것은 사람에 달린 거야. 너희는 이런 말이 어떻게 들릴지 모르지만, 무엇이든 학문을 익히듯 해야 한다. 내가 음악 연습을 하던 때의 이야기를 해 볼까? 내가 양자를 찾아갔을 때 그는 내가 지금까지 들어본 적이 없는 곡을 하나 가르쳐 주었다. 그래서 한 열흘 쯤 그 곡을 연습하고 있는데 양자는 이제 됐으니 다음 곡을 연습하자는 거야. 그렇지만 나는 가락은 알았지만 박자는 충분히 깨우치지 못했다고 말하고 당분간 원래 곡만을 계속해서 연습하기로 했지. 그런데 또 열흘쯤 지나자, 박자도 그만하면 충만하니 다음 곡 연습에 들어가자는 거야. 그러나 나는 아직 그 곡의 분위기조차 파악할 수가 없었어. 그래서 또 열흘쯤 연습을 했지. 그랬더니 그는 이제 대충 분위기 파악이 된 것 같으니 다음 곡을 연습하자는 거야.

그래도 나는 그러한 분위기를 만들어 낸 작곡자의 인품을 느껴 볼 수 있을 때까지 연습을 더하고 있었지. 그러던 어느 날 양자가 몹시 놀란 표정으로 내가 거문고를 타고 있는 모습을 지켜보더니, 이제 작곡자의 인품까지 알 수 있게 된 것 같다고 말하는 거야. 나는 그때 심오한 기분에 사로잡혀 있었지. 그리고 약간 검은 피부에, 얼굴은 갸름하고, 바다 저편을 응시하고 있는 듯 깊은 눈매를 가진 한 왕자와 같은 사람의 모습을 머리에 떠올리고 있었어. 나는 그가 문왕文王이 틀림없다고 생각했지. 그래서 양자에게 생각한 대로 이야기를 했더니 내 말이 옳다고 하는 거야."

제자들의 눈이 반짝였다. 그들은 공자가 음악 연습을 하면서 보았던 문왕의 모습을 지금 공자의 모습 속에서 보고 있었다.

"스승님, 양자는 그것이 문왕의 곡인 줄 알면서도 왜 그 모습을 머리에 떠올릴 수 있는 경지에는 이르지 않았을까요?"

한 제자가 물었다.

"바로 그거야. 내가 한 고비의 노력이 아쉽다고 한 것은 양자는 음악을 기술로써 사랑하고 있었을 뿐이란 걸 알았기 때문이야. 문왕의 모습을 머리에 떠올리고 그 마음까지 파악하려면 기술만으론 부족해. 진정으로 도를 사랑하고 도를 구하려는 마음, 인생을 개척하려는 마음이 있어야만 비로소 문왕의 곡을 알 수 있는 법이지."

"양자는 나중에, 스승님을 스승으로 받들고 있었다는 소문을 들은 적이 있습니다. 그러면 그것은 그 일이 있은 뒤의 일입니까?"

공자는 약간 허탈한 미소를 지으며 회상에 잠겼다.

"양자는 상당히 겸손한 사람이었다. 그때 갑자기 아랫자리로 내려가 내게 절을 했지. 그런 마음가짐으로 조금만 더 오래 살았더라면 진정한 고금의 명인이 될 수 있었을 텐데."

잠시 침묵이 흘렀다. 공자는 숙어叔魚·자목子木·자기子旗 등 마흔 살 전후의 제자들을 찬찬히 둘러보다가 말을 이었다.

"생각해 보면 나는 서른 살부터 마흔 살 사이에 정신적으로 제일 힘들었던 것 같아. 서른 살 무렵엔 세상 사람들로부터 예의 대가라는 말을 듣고, 고관들의 자제도 내게 예를 배우러 오는 경우가 많았기 때문에 자연히 자만심이 생길 뻔했지. 그런데 한편으로는 내 자신이 닦은 학문이 아무래도 단순한 지식에 지나지 않는다는 느낌이 들기 시작해서 내심 불안했거든. 그렇게 불안해하면서도 세속적인 권위를 잃지 않으려고 애쓰는 것만큼 우울한 일도 없지.

결국 오늘날까지 스스로를 채찍질하며 올바른 길을 벗어나지 않고 달려왔지만, 그 무렵에는 항상 마음이 어지러웠다. 사소한 결심을 하기까지 사흘이나 나흘이 걸린 적도 있었지. 무엇이든 결심한 일을 전광석화처럼 해 내지는 못했어. 일단 결심을 하고 그쪽으로 발을 내디딘 후에도 잠깐이나마 뒤돌아보고 싶을 만큼 이상하게 미련이 남곤 했지. 학문이 실천에 의해 뒷받침되고 있지 않았기 때문이야. 그러나 마흔이 지나면서는 그런 혼란에서 벗어나 무슨 일이든 즉시 마음을 결정할 수 있게 되었지."

"스승님이 주나라 수도인 뤄양에 가신 것은 언제 적 일입니까?"

"서른다섯 살 때였다고 기억한다. 그때가 내 일생 가장 감명 깊었던 때였다고 할 수 있지. 명당明堂에서 요순堯舜과 걸주桀紂의 상像을 보았을 때에는, 가슴 속에 정열이 끓어오르는 느낌마저 들었었다."

"노자老子를 만나신 것도 그 무렵이었죠?"

"그래. 몇 번이나 한 말이지만, 노자에게는 용과 같은 신비로움이 있었다. 그 사람의 삶을 향한 태도에는 아무래도 동의할 수 없는 면이 있었지만, 천지와 더불어 살아가는 영혼의 자연스러움과 그 깊이에는 감명을 받았지. 군자는 큰 덕을 지니고 있으면서도 외모는 어리석은 듯해야 한다, 또 교만함과 다욕多慾과 세속적인 성취욕을 버리라고 내게 가르쳤는데, 젊은 나이의 나에겐 너무나 적절한 말이었기에 지금도 감사히 여기고 있다. 내가 학문의 장을 머리로부터 마음으로, 마음으로부터 행위로 옮겨 가면서 자연의 경지를 개척하려고 노력하게 된 것도 결국은 노자로부터 가르침을 받았기 때문이지."

제자들은 지금까지 학문의 적으로만 생각하고 있던 노자를 공자가 계속 칭찬하는 모습을 보고 어리둥절한 표정을 지었다.

"그러나……."

공자는 갑자기 슬픈 얼굴이 되었다.

"그 무렵에는 좋지 않은 일도 많았지. 노나라가 혼탁한 와중에 소공昭公이 계씨季氏 때문에 쫓겨나 제나라로 도망친 것도 그 무렵의 일이었다. 나도 그때 난을 피해 제나라로 갔는데, 도중에 어느 산기슭의 무덤 앞에서 하염없이 슬피 우는 한 부인을 만났지. 까닭을 물었더니, 이미 시아버지와 남편을 호랑이에게 잡아먹혔는데 이번에는 또 아들까지 희생당했다는 거야. 나는 그 부인에게 그런데 왜 이렇게 무서운 산 속에서 살고 있는지 물어보았지. 그러자 그 부인이 정말 섬뜩한 말을 하더군. 적어도 그곳에는 가혹한 정치가 없기 때문이라는 거야.

나는 그때 하늘이 내게 커다란 사명을 내려 준 듯한 전율을 느꼈지. 정치는 서재 속에만 머물러 있는 것이어선 안 된다. 노자가 교만하다고 비웃고 욕심이 많다고 욕할지라도, 옛 성인의 도를 실천하려면 정치의 실권을 잡아야 된다는 생각을 하게 된 거야. 그렇지만 그것은 생각일 뿐, 그땐 나 자신도 충분히 다스리지 못하는 처지라서 어찌할 도리가 없었지. 결국 마흔이 될 때까지의 나는 스스로 방황하지 않기 위해 자신을 건설하는 일에 전력을 기울여 온 거야."

"제나라에 가서도 정치에는 참여하시지 않았습니까?"

"거기선 권신들 중에 방해하는 자들이 있어서 아무 일도 할 수 없었지. 그리고 제나라의 경공景公은 기백이 없고 의지가 약한 인물이라 도리가 없었어."

"경공에게 스승님은 무엇을 설득하셨습니까?"

"정치에 관한 질문을 하기에 나는 군왕과 신하, 어버이와 자식의 도리를 각기 지키는 일이 제일 중요하다고 대답했지. 그 당시 제나라 권신들 사이에는 그러한 근본적인 도리마저 문란해져 있었기 때문에 도저히 정책을 논할 만한 단계에 이르질 못했었지."

"경공은 스승님의 말씀에 대해 뭐라고 말하셨습니까?"

"군왕과 신하, 어버이와 자식이 각기 제 도리를 다할 수 없으면, 재정이 아무리 풍족해도 자신은 편안히 살아갈 수 없다고까지 하더군. 그러나 권신들과 총애하는 여인들의 등쌀에 밀려 태자를 책립하지도 못 하는 형편이라 더 이상 방법이 없었지."

"스승님이 스스로 정치를 하신 것은, 역시 노나라가 처음이십니까?"

"맞아, 노나라가 처음이고 마지막이기도 해. 그 무렵 나도 쉰이 넘은 나이라 천명을 알 수 있었지. 나는 그 신념에 의거하여 아무런 불안감도 없이 정치를 할 수 있었어. 여러 벼슬을 거치며 6, 7년 동안 일을 했지만, 결코 그릇된 일은 하지 않았다고 생각한다. 하늘의 도는 변하지 않는다. 무엇으로도 그것을 이겨 낼 수는 없지. 변하지 않는 도에 의지하여 정치를 한다고 생각하면 아무런 불안감도 생기지 않았다. 성패 따위는 문제가 안 돼. 그러나……."

공자는 잠시 침통한 얼굴이 되었다.

"천명을 알고 변하지 않는 도에 의지한다는 신념은, 스스로 그것을 신념으로써 의식하는 이상 궁극적인 것이라고 할 수 없다. 생각해 보면, 그 무렵 내가 정치를 하던 방식에는 어색한 면이 없지 않았으리라. 정공이 나를 등용했지만 점차 나와 멀어지고, 제나라에서 보내온 미인의 유혹에 빠져 감언이설을 따르게 된 것도 결국 내게 부족한 데가 있었기 때문이었지.

나와 나의 신념은 진정으로 일체가 되어 있지 않았던 거야. 신념을 신념으로 의식하고 있던 게 그 좋은 증거야. 진정한 신념은 스스로 의식하지 못할 정도로 자신에게 용해되었을 때 얻어지는 거지. 나는 노나라를 떠나 여러 나라를 여행하는 동안에 점차 그것을 깨닫게 되었어.

나는 쉰 살 때부터 역易을 배우기 시작했지만, 역의 마음을 진정으로 알기 시작한 것도 이 무렵의 일이었지. 하늘과 땅과 사람, 과거와 현재와 미래 등이 혼연히 한 개의 천布으로 엮어져 나오는 게 역이야. 이 역의 마음에 접해야만 비로소 신념을 신념이라고 의식하는 상대적인 경지를 초월하여 천리 속에 자기를 몰입하고 자기 속에 천리를 용해하는 일치의 경지에 달한다. 이 경지를 파악하면 눈에 보이는 것이나 귀에 들리는 것은 하나도 일그러뜨려진 것이 없다.

시비선악이나 곡직 따위가 있는 그대로 자신의 마음에 비치고, 자신의 마음도 있는 그대로 그에 대응해 움직이는 거지. 그것을 나는 이순耳順의 경지라 부르고 있다. 즉, 순직하고 자연스럽게, 편견을 갖지 않고 천지인天地人과 과거·현재·미래를 올바로 파악할 수 있는 경지야. 나는 예순이 되어 겨우 그러한 경지를 파악할 수 있었다."

제자들도 공자가 하는 말의 표면적인 의미는 어렴풋이 알 수 있었다. 하지만 그것은 푸른 하늘을 쳐다보면서도 그에 접할 수 없는 것과 같았다. 이들 중 몇 사람은 안회가 살아 있을 무렵에 탄식하면서 했던 말을 떠올렸다.

'스승님의 덕은 산과 같다. 우러러볼수록 더욱 높아 보인다. 스승님의 신념은 금과 같다. 치면 칠수록 견고해진다. 그러나 갈수록 파악하기 어려운 것은, 스승님의 높고도 아득한 도의 경지이다. 앞에 있는가 하면 어느 틈엔가 뒤에 와 있다. 스승님은 옛 성인의 가르침으로 우리의 지식을 넓혀 주며, 예로써 행동을 규제하신다. 그토록 오묘한 가르침에 매혹되어 우리는 도저히 그것을 중단할래야 중단할 수가 없다. 나는 내 능력껏 노력하였다. 그리고 이제 겨우 스승님이 말씀하시는 도의 본체를 눈으로 볼 수 있게 되었다. 그러나 아직 모든 걸 파악할 수는 없다.'

"하지만……"

공자는 계속 이야기를 이어갔다.

"그 심경은 아직 살아 있는 도라고 할 수 없지. 그것은 자신만의 마음속 생활일 뿐이야. 선인仙人이나 은자들 중에도 그러한 심경을 파악할 수 있었던 사람이 더러 있을 거야. 하지만 나는 그것만으로는 만족할 수 없었다. 잘 닦여진 거울은 모든 것을 있는 그대로 비춰 주지만, 그 비춰진 것은 결국 공허할 뿐이지. 마찬가지로 내가 설령 천지인과 과거·현재·미래를 올바로 파악할 수 있었다고 해도 그것만으로는 죽은 것이나 다름이 없어. 진리는 행위의 세계로 옮아 감으로써 비로소 살아 있는 진리가 될 수 있다.

나는 이런 생각을 하며 그 후로 끊임없이 노력했지. 그러는 동안에 나는 인간으로서의 올바른 행위가 얼마나 어려운 것인지 새삼 발견하고 깜짝 놀랐어. 나는 마흔이 되어 비로소 마음이 어지럽지 않게 되었다고 했지만, 행위의 근본적인 면에서는 어지럽지 않았지. 또 쉰이 되어 천명을 깨달았다고 했는데, 물론 그 깨달은 천명에 근본적으로 위배되는 일은 하지 않았어.

그러나 이순의 경지에 이를 때까지는, 내 행위의 척도가 아무래도 정밀성이 결여되어 있었던 것 같아. 똑같은 한 자尺임에는 틀림없지만, 한 치 한 푼의 눈금을 매기는 방식에 나의 주관이 섞여 있었지. 나의 흔들리지 않는 생활 목표 — 내가 느낄 수 있었던 천명 — 속에 나의 사심이 작용하여 내가 좋아하는 방식으로 세밀한 눈금을 매겨 가고 있었던 거야. 그런데 이순의 경지에 이르러 모든 것을 있는 그대로 파악하여 눈금을 바로잡아 보니, 나의 행위가 그 눈금과 합치되지를 않는 거야.

내가 추구하고 있는 큰 목표에는 그릇된 점이 없고, 또 내가 걸어온 길도 올바르다. 그러나 한 발씩 내딛는 방식에 방자함이 작용하고 있다. 그것을 바로잡으려고 해도 좀처럼 뜻대로 움직이지를 않는다. 이래서는 안 되겠다고 생각했지. 이래서는 효도를 하기 위해 도둑질을 하는 것과 다름이 없다고 생각한 거야. 그리고 힘껏 노력한 결과, 일흔에 이르러서야 겨우 내가 바라는 대로 발을 움직여도 올바른 행위의 눈금과 일치하게 된 거야. 내가 유연한 마음의 자유로움을 맛볼 수 있게 된 것은 그 이후의 일이지."

공자는 이야기를 끝내고 눈을 감았다. 바람 소리가 나무들을 스치며 조용히 먼 골짜기로 사라져 가고 있었다. 공자는 그 바람 소리에 귀를 기울이면서 기나긴 고투의 자취를 돌아보았다. 신비를 구하지 않고, 기적을 원치 않으며, 스스로의 힘에 의해 한 발작씩 도를 심화시켜 가고, 그 심화된 극점에서 모든 것을 파악하고 있는 하나의 인간을, 그는 자기 자신 속에서 발견하였다. 자신이 도달할 수 있는 경지는 스스로 노력하면 누구나 도달할 수 있는 경지라고 그는 생각하였다. 그는 그러한 깨달음으로부터 무한한 기쁨을 느꼈다.

'내가 걸어온 길은 만인의 길이다. 나는 이제 누가 나의 말을 좇아 나의 뒤를 따라오든 전혀 불안감을 느끼지 않는다. 왜냐하면, 나의 말에는 단 한 가지도 공상이 없었기 때문이다. 나는 나의 말을 남김없이 실천에 의해 증명해 왔다. 아니, 실천한 다음에 나의 말이 생겨난 것이다.'

그는 일어서서 하늘을 우러러보았다. 하늘은 끝없이 푸르렀다. 태산의 그늘이 그의 몸을 평온하게 받쳐 주고 있었다.

제자들은 각기 스승의 말을 가슴으로 되뇌이며 그를 우러러볼 뿐, 아무도 입을 열지 않았다.

공자는 하늘을 응시하던 눈길을 제자들에게 돌렸다. 그리고 문득 영원한 이별을 떠올렸다. 곧이어 그들 가운데 진정으로 자신의 말을 깊이 이해할 제자가 한 사람이라도 있을까 생각하면서 깊은 고독감에 휩싸였다.

"그러나 아무도 나를 알아주지 못할 거야."

자공은 스승이 혼잣말로 중얼대는 말을 듣자 약간 흥분하여 몸을 일으켰다. 그리고 공자에게 가까이 다가가 항변하듯이 속삭였다.

"스승님은 왜 그런 말씀을 하십니까? 스승님의 큰 덕을 아무도 알 수 없다니, 어찌 그런 일이 있을 수 있을까요?"

공자는 그 말에는 응답하지 않고 다시 혼잣말처럼 되뇌었다.

"나는 하늘을 원망하거나 사람을 비난하려는 게 아니야. 나는 오직 내가 믿는 바에 따라 이 태산 기슭으로부터 정상에 오른 것처럼 한 발 한 발 낮은 곳에서 높은 곳으로 오른 거야. 이런 내 마음은 하늘만이 알고 있다."

자공은 유감스러운 표정으로 계속 무슨 말을 하려고 했다. 그러나 공자는 엄숙한 얼굴로 그를 바라보았다.

"자공, 알겠나? 나의 도는 그뿐이다."

자공은 결국 입을 다물었다. 잠시 후에 그들 모두는 태산을 내려갔다.

전설에 의하면 공자는 이 날 집에 돌아간 뒤 그가 이룩한 고전 편찬사업을 기념하기 위해 몰래 제전祭典을 올리고, 제자들을 모아 영원한 결별을 고하는 엄숙한 의식을 치렀다고 한다.

"이로써 스승으로서의 나의 임무는 모두 끝났다. 앞으로는 내가 너희의 스승이 아니라 친구이다."

이 날 공자는 이런 성명을 발표했다고도 한다.

공자가 그 일생의 막을 내린 것은 일흔네 살 되던 해의 봄이었다. 사망하기 칠 일 전 그가 자공에게 눈물을 흘리면서 들려주었다는 다음과 같은 노래가 전해지고 있다.

태산이 무너지는가
거목이 꺾이는가
철인哲人이 사라지는가

편저 | **김길형**

중앙대 철학과 졸업

월간 現代詩學 편집장 역임, (주)금성출판사 · 동아출판사 근무

공감사 海東文學 편집국장

한국문협 · 국제펜클럽 · 한맥문협 회원

隨想集 「계절의 빈손」 · 「두레박 지혜」 외 다수

編著 「원효대사」 · 「칸트의 생애」(위인문고) 외 10여권

- 초판 1쇄 발행 2011년 2월 10일
- 초판 2쇄 발행 2012년 9월 15일

- 편　　저 | 김길형
- 펴낸이 | 박효완
- 펴낸곳 | 아이템북스

- 출판등록　2001. 8. 7 | 제2-3387호

- 주　　소 | 서울특별시 마포구 서교동 444-15
- 전　　화 | (02) 332-4337 　• 팩스 | (02) 3141-4347

※ 잘못된 책은 교환해 드립니다.